公主傳奇

藍月亮戒指 修訂版 ③

馬翠蘿 著

U0099757

新雅文化事業有限公司
www.sunya.com.hk

人物簡介

周曉星

周曉晴的弟弟，一個風趣幽默的淘氣精，不時有天馬行空的奇怪想法。

馬小嵐

來自香港的烏莎努爾公主，聰明美麗、正直善良。敢於向困難挑戰，最喜歡說的話是「天下事難不倒馬小嵐」。

周曉晴

馬小嵐的好朋友，漂亮活潑，喜歡打扮，最常做的事是和弟弟鬥氣。

萬卡

烏莎努爾公國第十九代國王，風度翩翩、英勇果敢。是國民眼中的好君王，小嵐和曉晴曉星心目中的暖心大哥哥。

目錄

第一章

出走的公主

一輛出租車裏，坐着三個戴着清一色太陽眼鏡的少年男女，他們是從王宮偷偷出走的馬小嵐、周曉晴、周曉星。

曉星對這次出走表現出極大的興奮，他在車上的倒後鏡裏照了又照，對自己戴太陽眼鏡的模樣十分滿意，覺得自己「帥」極了。他想，以後回到烏莎努爾，一定要用這個造型去見妮娃。

「今天我們肯定上報紙頭條了，題目字號一定很大。『落跑公主』？『落跑公主和她的好朋友曉晴曉星』？哈哈！」曉晴得意地說着，又擔心地嘀咕，「糟糕，不知道報館會用我哪張照片，千萬別用了那些照得醜的啊！」

小嵐則一副很忙碌的樣子，翻錢包，掏衣袋，連背囊裏的書也一本本拿出來逐頁翻着。

曉晴瞧瞧她，忍不住問：「小嵐，你在找什麼呀？」

小嵐説：「我在看看我有多少錢。你們也找找看，把全部錢集中在一起，看看我們有多少財產。」

曉星問：「小嵐姐姐，你找錢幹什麼？」

小嵐瞪了他一眼：「廢話，我要去尋找親生父母，沒有錢怎麼去，起碼得有路費呀！」

曉晴説：「你還用發愁沒錢嗎？你有一張國際銀行聯會發出的世界通行的白金卡呀！無論世界上任何一間銀行，任何一間店舖都會為你服務，而且無使用限額。」

小嵐説：「我忘了帶。」

「啊！」那兩姐弟異口同聲地喊起來。

沒有錢的出走，那就不好玩了。

曉晴説：「小嵐，你回去拿！」

曉星説：「是呀是呀，回去拿回去拿！」

「不！不能回去。」小嵐斬釘截鐵地説，「回去就出不來了！」

小嵐説得沒錯，她一回王宮去，萬卡國王一定會

派遣軍隊把王宮圍個水洩不通，她到時插翅也難逃了。

曉晴擔憂地説：「小嵐，我們沒錢，那旅途上吃什麼？住哪裏？」

小嵐可挺樂觀的：「車到山前必有路，大不了給餐館洗碗，給旅店打掃，絕不會餓死。」

「啊！洗碗？打掃？」曉晴驚叫起來。家裏有菲傭，她這輩子還沒洗過一隻碗呢！

小嵐顯出一副滿不在乎的樣子：「怕啦？那我自己去好了！」

曉星胸膛一挺説：「小嵐姐姐，我跟你去！以前不是也有過什麼『電波少年』嗎？他們也是沒帶一分錢就去周遊列國，也挺有趣啊！」

曉晴嘟着嘴，她對流浪生活可一點興趣都沒有，但見到小嵐鐵了心不肯回去，也只好捨命陪君子了。誰叫她們是最好的朋友呢！

小嵐見兩人不再反對，嘴上不説，心裏卻挺高興的。説實話，她心裏其實挺在乎這兩個朋友呢！

曉晴和曉星都加入了「尋錢」行動，他們把小包包呀，背囊呀全部翻了個底朝天，終於湊了幾千塊。

小嵐小心地把錢放進一個舊信封裏，讓曉晴保管。

這時出租車停住了，曉晴給了錢，三人下了車。

曉星突然喊起來：「慢着，這是哪裏？」

曉晴挖苦説：「你不識字嗎？烏莎努爾國際機場，這麼大的字都看不見！」

曉星大聲嚷嚷起來：「我不坐飛機，不坐！」

原來自從上次坐直升飛機差點失事之後，曉星就得了飛機恐懼症，再也不敢坐飛機了。

小嵐只好哄他説：「曉星，乖啦！」

曉星堅決地説：「不，我寧願不乖！」

曉晴朝小嵐使了個眼色，兩人小聲地説：「一、二、三！」

説完，兩人一人抓住曉星一隻胳膊，架着他直奔機場大樓。曉星掙扎着大叫：「救命！救命！」

幾個機場護衞員跑了過來，周圍一些旅客也停住了腳步，此情此景令他們想起綁架案。小嵐和曉晴連忙放了曉星，小嵐對護衞員説：「這位小弟弟怕坐飛機。」

幾位護衞員一聽便笑了起來。曉星見圍觀的人裏

有一位漂亮的小妹妹，正用詫異的目光瞧着他，便馬上挺挺胸，說：「不是啦，我只是跟她們開個玩笑而已！」

「是呀是呀，這位小朋友最喜歡開玩笑了。」小嵐狡猾地笑着，又說，「那我們趕快去買票吧！」

為防止曉星溜走，小嵐和曉晴一前一後「押」着他走去售票處。

曉晴把所有錢遞給售票小姐，那小姐看着那把皺巴巴的錢，不禁皺了皺眉頭，但很快又回復了那職業性的微笑。她把那些錢一張張撫平疊好，問道：「去哪裏？」

「去哪裏？」曉晴轉過身問小嵐。

一直嘟着嘴表示不滿的曉星，這時找到了發洩的機會：「真笨！電視劇裏都有說啦，像我們這樣偷偷出走的，當然是坐最快開走的那班機了！」

小嵐瞄了瞄曉星，笑嘻嘻地說：「噢，曉星真聰明，就按他說的去辦吧！」

曉星朝曉晴「哼」了一聲，一副洋洋得意的樣子。

曉晴聳了聳鼻子表示不屑。她朝售票小姐說：「買最快起飛的。」

　　售票小姐數了數錢，說：「最快開出的是去美國羅省，錢不夠呢！唔，你們買第三快開出的吧，那是去台灣高雄市的，錢剛夠。噢不，還剩幾十塊錢。」

　　曉晴扭過頭問：「去高雄，怎樣？」

　　小嵐說：「行，先離開這兒再說！」

　　儘管千不想萬不願，曉星還是被飛機帶上了萬尺高空。直到飛機平穩地穿行在藍寶石般的天際時，他緊張的心情才稍稍放鬆。

　　為了讓自己放心，他問小嵐：「聽說，飛機起飛和降落時較容易出事，現在應該很安全了吧？是不是？」

　　曉晴還記着剛才弟弟損她的事，便有意嚇唬他說：「哼哼，難說，難說！」

　　小嵐見曉星馬上又緊張起來，便瞪了曉晴一眼說：「你少添亂！」

　　曉星見到曉晴被責備，很得意：「姐姐，你可別得罪我，現在我跟小嵐姐姐是同一陣線！我們二比

一。」

　　小嵐怕曉星過一會兒又再煩她，便從前面座椅背後的雜物裏翻出一副眼罩，說：「曉星，你戴上眼罩睡一會兒吧，一覺醒來就到高雄了。」

　　曉星很樂意接受這個提議，他立即戴上眼罩，然後靠在座椅上，不一會兒就迷迷糊糊地睡着了。

　　「醒醒，曉星醒醒！」有人在使勁搖晃他。

　　曉星猛地醒了，他一把扯下眼罩，驚慌地問道：「什麼事？是要墜機嗎？！」

　　「哈哈哈……」小嵐和曉晴笑得喘不過氣來，小嵐捶了曉星一下，「墜你個頭，到高雄了！」

第二章

藍色公主號

三人隨着人流走出高雄機場,曉晴説:「小嵐,我們現在怎麼辦?」

「按原來設計的行程,我們應該先去埃及找我仲元爸爸和趙敏媽媽。」小嵐説,「但現在首先要解決錢的問題。我記得仲元爸爸説過,哪裏有文物館,那裏就有他的朋友。我們先坐車出市區,打聽哪裏有文物館,這樣就可以問爸爸的朋友借點路費。」

曉晴一聽很高興:「你怎麼不早説!我還以為……」

小嵐説:「你可別高興得太早,要是找不到文物館,借不到錢,那我們還得去洗碗。」

曉晴笑嘻嘻地説:「嘿嘿,這個我放心,你是貴人嘛!貴人出門,一定會有人相助的!」

來到巴士總站,有一部巴士快開了,曉星一見就

大喊起來：「車要開了，快上！快上！」說完便帶頭衝了上去。

巴士原來是去碼頭的。

碼頭上熙熙攘攘的，十分熱鬧。

「啊，藍色公主號！」曉星突然指着不遠處大叫起來。

兩個女孩子朝曉星手指處望去，不禁異口同聲「哇」地喊了起來。碼頭上停泊着一艘藍色的巨型豪華郵輪，看上去足有300米長，60多米高，船身漆有五個白色的字——藍色公主號。

還在香港的時候，他們就聽說過這艘郵輪了。記得那次同學小美跟家人坐了一次，回來足足講了一個月。如何豪華，如何舒適，如何好玩，惹得班裏同學看着她拍回來的照片羨慕不已。那時小嵐曾許諾，等儲夠了稿費，就帶曉晴曉星上一趟藍色公主號，「豪」他一次。

曉晴眼饞地看着那艘郵輪，頓足說：「嘿，要是你有帶那張信用卡就好了，我們就可以馬上過過坐郵輪的癮！」

陽光有點猛，小嵐抬起左手遮住額頭，想把藍色公主號看得更清楚些。她手上那隻藍寶石戒指，在陽光的照射下，發出一道眩目的光。那光讓一位正路過的女子晃花了眼，她本能地轉過頭來。

她看見了小嵐手上那隻「藍月亮」寶石戒指。

女子臉上露出驚訝的神情，她轉身向小嵐他們走來。

她微笑着對小嵐說：「你好！請問是小嵐小姐嗎？」

小嵐正好奇地看着那艘郵輪，沒發覺有人跟她說話，倒是曉晴聽見了，她拉拉小嵐，說：「小嵐，這位小姐跟你說話呢！」

小嵐扭頭一看，見是一位年約四十的女子，她身材頎長，笑容親切，穿着一身黑色的西裝套裙，樣貌清秀中又帶點威嚴，很像那些在商場中長袖善舞的成功女性。

小嵐說：「我們認識嗎？」

「以前不認識，現在認識了。」女士笑着說，「我叫饒一茹，是藍色公主號的行政總裁。」

「行政總裁！」小嵐心想，這阿姨的風度，還真很像一位CEO。

小嵐正奇怪這位行政總裁何故要把她介紹給自己，而饒一茹早已命令一直跟在她身後的兩個男人：「阿祖阿占，你們替這幾位小姐先生拿行李。」

那兩個男人應了一聲，連忙過來幫忙背起小嵐他們的幾個背囊。小嵐很奇怪：「幹嗎替我們拿行李？」

饒一茹笑着說：「因為你們即將入住藍色公主號的公主套房。」

「啊！」三個孩子幾乎異口同聲叫起來，他們早就聽說過，公主套房是整艘郵輪最豪華的房間呢！

小嵐不解地問：「饒總裁，這是為什麼？我們並沒有購買船票啊！」

饒總裁微笑着說：「因為我剛剛接到政府一個通知——半小時前烏莎努爾公國發出了一封外交函件，那是發往全世界的，請求各國各地政府提供協助，予以該國公主馬小嵐一切方便。公主的最大特徵就是手上戴着一隻藍月亮戒指。」

「太好了！」曉星歡呼雀躍，「是萬卡哥哥，是他在暗中幫我們呢！」

「這……」小嵐還想說什麼，曉晴卻狠狠地扯了扯她的胳膊。

「我的小公主，你就別這個那個了，既然總裁盛意拳拳，卻之不恭，我們快上船吧！」曉晴當然不會放過這樣的好事，她一把扯住小嵐一隻胳膊，就往登船處走去。

「對呀，小嵐姐姐，快上船吧！」曉星這時和曉晴站在同一陣線了，他拉着小嵐的另一隻胳膊，兩姐弟拉拉扯扯的，把小嵐拽到檢票處。

「好啦好啦，放開你們的小爪子，去就去唄！」小嵐其實也挺想到船上玩玩的，只是不忿萬卡總要管她的事罷了。

饒總裁把小嵐他們帶到檢票處，她對一名穿藍色制服有着細長眼睛的年輕女子說：「安琦，麻煩你把這三位貴客送到公主套房。」

安琦愣了愣，她把饒總裁叫到一邊，小聲說：「總裁，不行啊！公主套房有人訂了。」

饒總裁一愣，隨即說：「不管是誰訂的，都要讓出來了，這幾位客人是政府通知要好好招待的，不能怠慢。」

她想了想，又說：「你把我準備住的至尊套房讓給那位客人吧，另外再給他六折優惠。」

安琦點點頭，又走過來請小嵐他們跟她走。饒總裁朝小嵐揮揮手，笑着說：「玩得開心點！我要去處理一些公務，不能送你們去房間了。有什麼要求，儘管跟安琦說，她是我們這裏的客務部經理。」

三個孩子雀躍地登上了甲板！啊，這船好大呀！

安琦微笑着給三位客人介紹：「藍色公主號可以乘載2800人，它長300米，寬55米，共有十九層甲板……」

曉星發出「哇哇哇」的驚歡聲，又大聲宣布說：「等我長大了，攢到錢，也學饒總裁那樣，造一艘大郵輪！安琦姐姐，造這樣一艘船要用多少錢？」

安琦說：「大約四億五千萬美金。」

曉星嚇得張大嘴巴：「四億……五千萬，還是美金！小嵐姐姐，那折合港幣多少錢？」

小嵐說：「約三十幾億吧！」

「三十幾億?!」曉星吐吐舌頭，不敢吭聲了。

安琦把三位客人帶入觀光電梯，那全透明的電梯徐徐而上，堂皇的大廳、泳池、船上各類設施盡收眼底，那樣的豪華，連見識過烏莎努爾王宮的小嵐他們，也忍不住發出讚歎——好一座海上宮殿！

公主套房在第十八層。

三人歡呼着衝進公主套房。顧不上欣賞布置得美輪美奐的房間，他們都迫不及待地跑到陽台上，憑欄遠眺海上美景。

「好多船啊！」曉星像「大鄉里進城」般，東望望，西瞧瞧，十分興奮。

小嵐沒作聲，只是專心地欣賞着那水天相接的美景，恨不得馬上寫一篇遊記呢。

曉晴心裏惦記着別的，看了一會海景就忙着向安琦打聽：「請問這裏有美容院嗎？有商場嗎？」

安琦一直滿臉笑容的，她回答了曉晴的問題後，又對他們說：「各位稍事休息後，可到船上慢慢參觀，晚上在中央大廳有一場『海洋之夜』舞會，請務

20

必穿晚禮服出席。」

「啊！那一定很熱鬧！但我們沒帶晚禮服，怎麼辦？」曉晴很着急。

「不要緊，船上商場有時裝店，你們可以到那裏選購合適的服裝。」安琦微笑説。

「可是……」曉晴看看小嵐，樣子很無奈。

小嵐明白曉晴想什麼，便跟安琦説：「安琦姐姐，我們沒帶夠錢，有免費租借的服裝嗎？」

安琦説：「三位請放心，剛才饒總裁已經吩咐過，三位在船上的一切費用全免，你們要買什麼，玩什麼，都不用給錢。」

「太好了！萬歲！小嵐萬歲!!」曉晴高興得摟着小嵐跳起來，「我早就説了，公主出巡，肯定有貴人相助！看，馬上應驗了！」

小嵐正要答話，忽然聽到門外有人大聲説話：「這公主套房明明是我們訂了的嘛，怎麼不給我們呢？」

安琦一聽忙説：「噢，是原來訂了這房間的客人！我出去一下。」

安琦匆匆忙忙走出門外。外面隨即傳來她滿含歉意的嗓音：「真對不起，這是我們工作做得不好，請原諒！我們給您安排了至尊套房，再給您打六折⋯⋯」

客人仍不依不饒：「不行，我一早就答應了我妹妹，讓她做一回公主，住公主套房的⋯⋯」

小嵐聽了很不好意思：「原來是我們把人家訂的房間佔了。這樣不好，我們出去看看。」

三個孩子走到套房門口，見到一個高高瘦瘦的少年正背向門口，和安琦說着話。小嵐對那少年說：「先生，對不起⋯⋯」

那少年轉過身來。

「啊！是你！」除了安琦之外，在場所有人都驚呼起來。

那少年竟是烏莎努爾首相萊爾的兒子，他們的好朋友利安！

第三章

郵輪上的巧遇

　　公主套房裏熱鬧非常，大家七嘴八舌搶着説話，那聲浪大得簡直要把公主套房抬起來。他鄉遇老友，當然開心得要發瘋了！

　　曉星手忙腳亂地翻背囊，終於找到了那副太陽眼鏡，他急忙戴上，然後一個勁地問妮娃：「你覺得我今天有什麼不同？」

　　妮娃皺着眉頭看了半天，説：「沒什麼不同呀，還不是傻傻的小男孩一個！」把曉星氣得乾瞪眼。

　　妮娃也不管他懊惱不懊惱，拉着他的手，到陽台上看船去了。

　　那兩個小調皮一走，房間裏才安靜了點，小嵐這才顧得上問利安：「你們不是跟媽媽一起出來旅遊的嗎？怎麼就剩你們兩兄妹？」

　　利安説：「我們本來一塊兒來了台灣的。昨天接

到電話，説外婆的胃病又犯了，媽媽聽了不放心，要馬上回國。但妮娃死活要坐郵輪，所以我就和她留了下來，在這裏買了去阿拉斯加的票。沒想到會遇到你們！對了，那你們怎麼會來了這裏？萬卡放心讓你們幾個人出來嗎？」

小嵐笑着説：「我們是偷偷溜出來的。」

利安聽了，呵呵大笑起來：「原來是這樣！真有意思！」

曉晴也説：「是呀，都不知多好玩。更有趣的是，當我們走投無路，眼看要去替人洗碗擦地板攢路費時，竟遇上了這裏的總裁，她不但給我們安排了最好的套房，還包吃包住包買東西。」

利安睜大眼睛：「什麼，竟有這樣的事？」

曉晴開心地摟住小嵐，説：「我們這公主面子大嘛！小嵐，我今生今世跟定你了，跟着你，一定無驚無險，心想事成！」

小嵐沒好氣地説：「哼，我又不是小帥哥，你跟着我幹什麼！」

「呵呵呵，你不是小帥哥，可你是大貴人呀！跟

着你好事多着呢！」曉晴嘻嘻地笑着，又興奮地説，「大貴人，我們一起去買晚裝吧，不買白不買，我們要挑最貴、最漂亮的！」

小嵐對打扮向來沒多大興趣，就説：「你們去買吧，你幫我挑一套白色的晚裝，簡約些的，你穿得下就行，反正我跟你身材差不多。我想到甲板上走走。」

「我也想去甲板上吹吹風。我陪你吧！」利安忙説，「我和妮娃上船前已準備了服裝，買船票時已有提示呢！」

曉晴説：「好，那我跟曉星去吧！」

妮娃也爭着要跟曉晴曉星去買衣服，她説要替曉星參謀參謀。

郵輪大概即將啟航了，碼頭上只剩下一些送行的人。

這時已是黃昏時分，一輪紅日落向西方，那俗稱「火燒雲」的晚霞燒紅了半邊天。彩霞一會兒紅豔豔，一會兒金燦燦，一會兒紫中帶黃，一會兒又變成灰色、杏色、米黃色，還有些説不出來的顏色。晚霞

千變萬化，一會兒變成一頭牛，一會兒變成一隻狗，一會兒又變成一隻大象，十分有趣。

小嵐從未見過如此美麗的晚霞，不禁興奮地抬起手，指着那隻天邊的小狗，讓利安看。她抬手時，那隻藍月亮戒指在落日的輝映下，發出一道耀眼的光彩。利安沒有去看落日，反而緊緊盯着小嵐的戒指。他臉上的笑容突然不見了。

小嵐察覺到了利安的注視，她第一反應便是用另一隻手捂住了那戒指。

利安難過地問：「國王向你求婚了？」

小嵐奇怪地問：「你怎麼知道？」

利安說：「你手上戴着的『藍月亮』戒指，那是歷代王妃都戴過的。」

小嵐驚訝地摸摸戒指：「你也知道這戒指？」

利安說：「嗯。這戒指從來都被王妃視為比生命還寶貴的東西，通常只在結婚大典上戴一次，之後就珍藏起來，所以見過這戒指的人不多。」

小嵐問：「那你見過嗎？」

利安搖搖頭：「我也沒見過。但小時候媽媽給我

講國王婚禮的鼎盛場面時，描述過這隻戒指。這戒指的設計十分特別，戒面的藍寶石切割成一個彎彎的月牙，所以稱為『藍月亮』。」

小嵐那戒指上的月牙沐浴在落日的餘暉裏，發出一道眩目的藍光。真不愧為「藍月亮」！

這時，利安又神色黯然地說：「小嵐，這戒指戴在你手上意味着什麼，我很明白。到你成為高高在上的尊貴王妃時，我們就不可以再做好朋友了……」

小嵐愣住了，她沒有想到利安會因此事這麼難受。她急忙說：「嘿，我可沒有答應他呢！這藍月亮戒指我是戴着玩的，只是戴上去脫不下來了。」她又用手嘗試去脫：「你看，脫不下嘛！」

這時，安琦剛好走上甲板，她聽到「藍月亮」三個字時，臉色突然大變。她趕緊閃進了一個隱蔽處，靜聽小嵐和利安說話。

利安對小嵐的話半信半疑的，他拿起小嵐的手，想幫她把戒指脫掉，但弄了好久都是白費勁，於是說：「算了吧，你戴着也挺好看的，反正也代表不了什麼！」

小嵐猛點頭：「對，戴着它也代表不了什麼！」

利安把小嵐的手緊緊握住：「那麼，我們還可以做朋友，很好很好的朋友？」

看着笑容又回到利安臉上，小嵐才放了心。她是個善良的女孩，不想別人不開心，尤其是像利安這樣的好男孩。

「我們當然是很好很好的朋友！」小嵐一邊説，一邊拉着利安跑向船頭，「我們去那裏吹吹風！」

小嵐和利安一點也沒有察覺到，剛剛他們說話時，有一雙細長細長的眼睛死死地盯着小嵐手上的戒指。

那是安琦的眼睛。她目送着小嵐和利安的背影，陷入了沉思。

小嵐和利安跑上船頭，涼風習習，吹在臉上舒服極了，小嵐高興地站到最高處，學着《鐵達尼號》裏的女主角露絲，張開雙手，閉上眼睛……

利安目不轉睛地看着小嵐，晚霞塗在她身上，海風輕拂她的衣裳，她彷彿一個渾身散發着光芒飄飄欲飛的小仙女……

利安有一股衝動，他真想像《鐵達尼號》裏的傑克小子般，上前摟住小嵐的腰。正猶豫着，有個人跑了過來，那是客務部經理安琦。

「不好了，你們那位叫曉星的朋友，在商場裏摔了一跤，後腦撞傷了！」安琦氣喘吁吁地說。

「啊！」小嵐臉色發白，焦急地問，「他現在呢？」

安琦說：「另外兩位女孩子陪他上了岸，到醫院

去了。」

　　小嵐急匆匆就走，邊走邊問道：「上哪家醫院了？」

　　安琦說：「仁心醫院。你們路不熟，我帶你們去吧！」

　　「謝謝！」

　　小嵐和利安跟着安琦，急急地下了船，又上了安琦停在碼頭的一輛車。在他們身後，「嗚」的一聲，郵輪啟航了。

第四章

公主在郵輪上失蹤

隨着郵輪啟航的汽笛聲，曉晴挽着大大小小十幾個手挽袋，回到了公主套房，她把東西往牀上一扔，坐在椅子上直喘氣。

「死曉星！壞曉星！臭曉星！」曉晴嘟嘟囔囔的，一副氣難消的樣子。從商場回來經過遊戲機室時，曉星馬上就黏着不想走了，他把手裏的東西往曉晴身上一掛，就拉着妮娃走進了遊戲機室。

「這小子，哼！有空再教訓他。啊，好漂亮啊！」那大堆漂亮衣服很快沖散了曉晴的不快，她把全部「戰利品」攤在牀上，一件件試穿起來。

全部試穿完畢，已過了半個多小時了，她才想起，自從去商場買衣服後，一直未見過小嵐和利安。她把給小嵐買的兩套白色晚禮服掛好，便出去找他們。

甲板上，旅客們三三兩兩倚在船欄上，不時用手指指點點的，觀看沿途景色。但沒有小嵐和利安的蹤影。

　　曉晴有點着急，她跑到遊戲機室，找着了曉星和妮娃，那兩個傢伙正玩着一個野戰遊戲，「衝啊、殺呀」地喊個不停。

　　曉晴走過去，問道：「喂，你們有見過小嵐他們嗎？」

　　妮娃愣了愣，說：「他們不是在甲板上嗎？」

　　曉晴說：「沒有啊，甲板上沒有，我才來這兒找！」

　　曉星的眼睛一直盯着遊戲機屏幕，一刻也沒有挪開。他說：「這船那麼大，可能他們去了其他地方玩吧！」

　　曉晴點點頭，說：「對，也許我不該瞎操心。舞會將在一個小時後開始，我想他們等一會兒就會回來了。你們也別玩太久了，一會兒就回來，知道不？」

　　曉晴回房間洗了個舒舒服服的泡泡浴，之後梳妝打扮又花了不少時間，從浴室出來時，她發現客廳裏

只有曉星和妮娃在看電視，而小嵐和利安還是不見人影。

曉晴看看掛鐘，還差十幾分鐘舞會就要開始了，真急死人，小嵐他們去哪裏了呢？

曉星説：「會不會⋯⋯會不會他們直接去了中央大廳？」

曉晴搖頭：「肯定不會！他們還穿着牛仔褲呢，舞會規定一定要穿晚禮服才能進場的。」

説話間，已到了舞會開始時間，妮娃嘟着嘴説：「哥哥還答應跟我跳舞呢，究竟他和小嵐姐姐去哪兒了？」

曉晴説：「我們不能再等了，我們去找安琦小姐，讓她幫忙。」

三個人去了客務經理室，但門關得緊緊的，安琦會不會去參加舞會了呢？他們趕緊搭電梯去了位於第十二層的中央大廳。

觀光電梯的門一打開，就傳來一陣《藍色多瑙河》的樂曲聲和歡笑的人聲，曉晴帶着曉星和妮娃去到門口，請侍應生幫忙找一下安琦小姐。這時，聽到

有人問：「咦，你們不是小嵐小姐的朋友嗎？」

原來是盛裝打扮的總裁饒一茹。

曉晴像找到救星一樣，拉住饒總裁說：「饒總裁，小嵐和利安不知上哪兒去了，您能幫忙找找嗎？」

饒一茹一聽馬上說：「沒問題！」她隨即拿出手機，撥了個電話：「喂，是監控中心嗎？我是饒一茹。請你們馬上替我找找乘客馬小嵐小姐和利安先生，請他們立即到總裁室。」

「謝謝您，饒總裁！」

「不用客氣！沒事的，我們的監控中心會很快找到小嵐小姐的。我們回總裁室等他們好了！」饒一茹帶曉晴他們去總裁室，還一邊安慰說，「我們這郵輪十分安全，運行幾十年，從沒有出過事呢！」

幾十分鐘過去了，還是不見小嵐他們出現，電腦監控中心也來了電話，說是把全船搜索了一遍，仍沒有發現這兩位旅客的蹤影。

饒一茹有些沉不住氣了，要知道，假如烏莎努爾公國的公主在「藍色公主號」上失蹤的話，將會讓她

的事業蒙羞。

妮娃哇地哭了起來，還大叫着：「哥哥、小嵐姐姐，你們在哪兒呀？」

曉晴不知怎樣安慰妮娃好，因為她自己也心慌意亂的。倒是曉星這時顯出了他的男子漢氣概，他安慰妮娃說：「別哭，我不會讓小嵐姐姐和利安哥哥有事的！」

曉星讀過小嵐寫的許多偵探小說，他努力回憶着書中小偵探的做法。他跟饒一茹說：「總裁阿姨，請您把小嵐姐姐和利安哥哥的照片發到各部門，請所有工作人員回憶一下，他們最後一次見到小嵐姐姐和利安哥哥是什麼時候。」

饒一茹正在考慮下一步做法。由於事出突然，事態嚴重，她也有點亂了方寸，聽曉星這麼一說，她馬上點頭說：「好，我馬上請各部門經理去辦。」

饒一茹親自逐一打電話，向各部門經理下達指示，但唯獨找不到客務部經理安琦。安琦的副手——副經理袁志強告訴饒一茹，自從開船後，他就沒見過安琦。

曉星想了想，説：「饒總裁，安琦不見蹤影，也許跟小嵐姐姐的失蹤有關呢，請您馬上查查安琦的背景資料。」

　　饒一茹見這孩子分析問題有條有理的，也都願意按他説的去辦，就馬上吩咐袁志強去辦這件事。

　　過了一會兒，袁志強就把安琦的人事檔案傳給了饒總裁。安琦的家庭情況還真有點複雜，父親在十五年前去世了，兩年後，母親也撒手塵寰，家裏就留下她跟八十高齡的奶奶。她本人的經歷倒是挺輝煌的──自小便是資優生，之後一路跳級，用四年時間讀完小學，又用四年時間讀完中學，之後用了三年時間讀完大學。十七歲攻讀碩士，一年後就拿了碩士文憑，然後投身社會工作。前後做過兩三份工，都是從事旅遊行業。

　　曉星仔細地看着安琦的履歷，不放過任何一個細節，小嵐姐姐筆下的小偵探，都是這樣的呢！過了一會，他對饒總裁説：「您有沒有發覺，安琦找的每一份工，都跟有錢人有關，您看：第一份工，九重天酒店，這九重天是專給頂級富豪入住的；第二份工，東

方快車，車費比普通列車貴六倍，乘客都是有錢有地位的；第三份工，藍色公主號，上船的都不會是窮人。」

饒一茹一邊聽一邊點頭：「你不講我都沒發覺呢！沒錯，她的每一份工作都跟有錢人有關。」

曉星繼續說：「這就說明，安琦想接近有錢有地位的人，她一定是想達到一個什麼目的。」

曉晴插嘴說：「也許她想嫁個有錢人吧！通常想嫁個有錢人的女孩，都會給自己製造許多跟有錢人接近的機會。」

饒一茹搖搖頭：「我看她不像是那種女孩。而且她跟我說過，為了一心一意照顧年邁的奶奶，她不想太早結婚。」

曉星正想說什麼，有人敲門。保安部來了兩個人，他們分別是保安部經理劉大剛和保安員李同。原來李同記得郵輪臨啟航前一刻，安琦帶了兩個人從特別通道匆匆離船，李同很肯定地說：「那兩個孩子，一男一女，我記得很清楚，正是你們要找的人。」

曉星着急地問：「請問，他們當時在說什麼，神

情怎樣？」

李同想了想，説：「那個女孩好像很着急似的，一邊走一邊問安經理什麼，好像提到『醫院』、『跌傷』什麼的。」

「醫院？跌傷？難道是他們有誰受傷了，去了醫院？」曉星皺着眉問。

李同搖頭説：「不會呀，我看他們三人都腿腳靈便的，不像是受了傷的樣子。」

曉星呆呆地想着什麼。饒一茹見他不再問，就叫劉大剛和李同走了。

曉星突然大喊起來：「不好了，一定是安琦把小嵐姐姐和利安哥哥綁架走了。你們想想，安琦為什麼找的工作都跟有錢人有關，一定是為了綁架勒索！安琦看見小嵐姐姐可以住公主套房，一定是有錢人的孩子，所以……」

曉星的分析的確有道理。在場的人都呆住了。

「哥哥和小嵐姐姐被綁架了？啊，怎麼辦？嗚嗚嗚……」妮娃又大聲哭了起來。

曉晴也嚇得臉色發白。

曉星焦急地對饒一茹說：「饒總裁，我得趕快回高雄救小嵐姐姐，您能讓船掉頭嗎？」

　　饒一茹說：「船不可以掉頭，但我可以召直升機來，把你們接上岸。」

　　「直升機？」曉星一聽到要乘飛機心裏就發毛，但要救好朋友的決心戰勝了恐懼，他說，「好！坐就坐！」

第五章

這裏發生了綁架

小嵐努力地睜開眼睛，想知道自己在哪裏，但沒有用，眼睛被黑布蒙上了，什麼也看不見。

她使勁用鼻子嗅了嗅，有一股淡淡的香水味，應該是處身在一個女人住的房間。

小嵐動了動，想爬起身，才發現自己被綁在牀架上。

她意識到，自己被綁架了。

之前發生了什麼事？小嵐努力地回想着：自己和利安在船頭吹風，學電影《鐵達尼號》裏的露絲；安琦出現，告知曉星跌傷；跟安琦下船，坐上安琦的車子……對了，問題就出在上車之後，自己突然聞到一股花香，然後就身子軟軟的，什麼都不知道了。

難道是安琦做的？

身邊突然有什麼在動，又聽到呼哧呼哧的呼吸

聲，是利安？她馬上叫道：「是利安嗎？」

「唔，唔唔！」聽聲音嘴巴被堵上了。

小嵐循聲尋去，她也顧不得那麼多了，因為目前她只有嘴巴能用，於是就用嘴去觸摸，首先觸到了利安的頭髮，順勢滑下去觸到了他的臉、鼻子、嘴巴，他的嘴巴塞了一團毛巾。小嵐趕緊用嘴巴一咬，把毛巾拿走了。

「哎……」利安大口大口地喘氣，「是小嵐嗎？你沒事吧？」

小嵐説：「我沒事！我們被人綁架了。」

利安氣憤地哼了一聲：「一定是安琦，她騙我們上了她的車，又迷昏了我們⋯⋯」

「噓⋯⋯」小嵐突然阻止利安説話。

門外有人在説話，好像是一男一女。

女的説：「裏面沒聲音，應該還沒醒。那些迷香不會對身體有害吧？」

聽得出來，那是安琦的聲音。

「你問了有十幾次了，我都説過，不會影響身體的，只是令他們昏睡而已。」男人有點不耐煩地説，「這事也夠麻煩了，原先想趁他們昏迷後，拿了那女孩的戒指就行了，沒想到還會有脫不下來這回事。」

女人説：「唉，這事現在有點複雜，找了這麼多年，終於找到了『藍月亮』戒指，還以為拿了戒指就把他們放走，沒想到又節外生枝。」

男人停了停，説：「實在沒辦法，拿把刀來剁下她的手指⋯⋯」

「天哪，你住嘴！」安琦急急地説，「説好了不傷害任何人的。」

那男人笑了：「我跟你開玩笑而已，看你急成這副樣子！」

「人家都煩死了，你還開玩笑！」安琦氣呼呼地說，「總不能把他們帶去金剛山，再説他們也不會肯去，難道要把他們綁起來，抬着去不成！還有，明天奶奶起來，知道家裏多了兩個外人，也不知道該怎樣跟她解釋。」

男人説：「算了，你也累了，先睡上一覺，説不定明天起來會想出好辦法呢！」

兩人的聲音越來越遠，想是走過去了。

利安説：「看來他們是衝着『藍月亮』來的。他們要拿這戒指幹什麼呢？」

「看來安琦還不算太壞，起碼她不想傷害我們。我們見機行事，再想辦法逃走。」小嵐説，「來，我們先想辦法解開蒙眼的布，能看見東西，一切就容易辦了。」

利安説：「來，我試試用牙齒給你解開蒙眼布。」

蒙眼布在小嵐腦後打了一個緊緊的結，利安弄了

很久都沒解開。

小嵐聽到利安累得直喘氣，便説：「要不我先替你解吧！」

利安説：「不，再堅持一會，應該快可以了。」

利安繼續努力着，又弄了幾分鐘，那個死結終於被他解開了。兩人不禁發出了低低的歡呼。

小嵐睜開眼睛，好一會才適應過來，看清眼前景況。原來，他們處身在一個大約20平方米的房間裏，再看看窗外，月到中天，已是半夜了。

小嵐不想耽擱，她馬上用牙去咬開綁着自己的繩子，眼睛看得見，解起來就順利多了，不一會就替自己鬆了綁。之後，她急忙替利安解下蒙眼布，又解開了綁住他手腳的繩子。

「好啦，我們邁開成功的第一步了！」小嵐高興地説，「接下來，就是想法逃走了。」

利安打開窗子，往外一看，原來他們在一幢三層高的獨立小樓裏。他們身處三樓，離地有十幾米高，從窗口逃走的機會不大。

小嵐打開門，朝外面看了看，小聲説：「外面沒

人。他們剛才不是說要去睡覺嗎？乾脆，我們趁他們睡了，從門口走出去。」

利安表示贊成。於是，兩人偷偷走出房間。

月色很好，雖然外面沒有亮燈，但仍可以看清楚環境。房間外面有一條走廊，有樓梯可以走到樓下去。

兩人躡手躡腳走下樓梯。一層，兩層，到了地下大廳了。

大廳靜悄悄的，沒有人，想是安琦他們都睡着了。只要穿過大廳中央那組沙發，就可以走到大門處。

兩人心裏高興，沒想到這麼順利。他們手拉手，躡手躡腳穿過沙發，往門口走去。

突然，小嵐的一條腿被人抱住了，她還沒反應過來，就聽到有人大喊：「有賊啊！快來抓賊！」

小嵐被這下高呼嚇得心驚肉跳，她低頭一看，抱住她的人竟是個長着一頭白髮、瘦得只剩下一副骨頭的老婆婆。她坐在沙發上，用雙手把小嵐的腿抱住了。

小嵐急了，想擺脫她，但又不敢使勁，因為對這個老態龍鍾的婆婆來說，稍為用勁都有可能傷害到她。利安見了，便過來幫忙掰開老人的手，偏偏那老人的手還蠻有勁的，就這樣，他倆使勁又不敢，不使勁又掰不開，境地十分尷尬。

正在這時，電燈一亮，只見安琦和一個男人出現在面前，那男人手裏拿着一支槍，對小嵐和利安喝道：「不許動！」

利安趕緊用身體護住小嵐：「你們想幹什麼？」

那男人用槍指了指沙發對面的兩張椅子，喝道：「坐到那兩張椅子上！」

利安和小嵐互相看看，好漢不吃眼前虧，便乖乖地坐下了。

安琦跑過去，對老人家說：「奶奶，您半夜三更起來幹什麼？」

老婆婆挺神氣地說：「你看我厲不厲害，抓到兩個賊了！」

安琦說：「奶奶，您別誤會，他們是我朋友呢！昨晚帶他們回來時，您已經睡了，就沒跟您說。」

老婆婆聽了，忙問：「你們是琦兒的朋友？」

那老婆婆説話時，並沒有向着小嵐他們，而是臉朝着另一邊。小嵐這才發覺，她是視障人士。

小嵐知道安琦不想讓老婆婆擔憂，忙説：「是呀是呀！」

老婆婆咧開沒牙的嘴巴，呵呵地笑着：「我也挺納悶的，怎麼這兩個賊這麼斯文呢，其實剛才只要你們使使勁，就可以掙開我這個老太婆。原來是琦兒的朋友，怪不得！」

安琦説：「奶奶，您快去睡吧，我先扶您回房間。」

老婆婆一邊走還一邊扭過頭來：「孩子們，你們也早點睡吧，明天起來，我給你們包餃子吃。」

安琦很快轉回來了。她讓那男人收起槍，然後走去拉開大門，對小嵐和利安説：「你們走吧！」

小嵐和利安聽了十分訝異，反而坐着一動不動了。

「你瘋了！你……」那男人也顯得很吃驚。

「韋天青，我們做人不能恩將仇報！」安琦瞪了

那男人一眼，又對小嵐和利安說，「剛才，如果你們不顧我奶奶安危，拚命推開她的話，你們現在已經逃掉了。謝謝你們這麼愛護我奶奶。你們走吧！」

小嵐和利安互相看看，小嵐說：「安琦，看你這麼關愛老人家，我就知道其實你本性也是挺善良的。我想，你不惜以身犯險把我們綁架到這裏，一定有很大的苦衷，或者你告訴我們真相，說不定我們可以幫你呢！」

「真的？」安琦又驚又喜，「你真的肯幫我忙？」

「當然？」小嵐肯定地點了點頭。

「那太好了！」安琦禁不住流下了眼淚，「我先給你們講一個發生在十五年前的故事……」

第六章

安琦的故事

　　十五年前的一天，安琦的父親、台灣考古學家安子洛告別了母親和妻子，以及才五歲的女兒，踏上了前往非洲的旅程。

　　別看安子洛才三十五六歲，他研究世界歷史已有二十年了，特別醉心於所羅門時期的歷史，對傳說中的所羅門寶藏極感興趣。根據對一些典籍的最新研究成果及掌握的信息，他相信所羅門寶藏就藏在非洲大陸南端，沙漠盡頭的金剛山上。於是他便和好友韋至仁，組成一支探險隊，準備到那裏尋找所羅門寶藏。

　　那時，安琦才五歲，她還不知道別離之苦，只以為親愛的父親就像以往上班那樣，一早出去，到晚上就會隨着叮咚的門鈴聲，笑容滿臉地出現在她面前，送給她一件玩具，或者抱起她，在她小臉上印上一個深深的吻。

「爸爸，您回來時，要給我講好聽的故事哦！」

「好，一定講！」

「講十個，不，一百個！」

「呵呵呵！好，好，爸爸回來就給你講一百個故事！」

爸爸朝她揮了揮手，就走了。

一天過去了，兩天過去了；一個月過去了，兩個月過去了，卻沒見父親回來。直到三個月以後，和父親一同出發的韋至仁回到高雄，當他一臉悲傷地出現在安琦家裏時，奶奶和媽媽崩潰了——父親已遭逢不幸，他再也不能回來了。

原來，當時探險隊在非洲經歷了無數艱難險阻，他們越過號稱「死亡之路」的大沙漠，穿過土著人聚居的每每部落，終於找到了藏有所羅門寶藏的月亮洞的位置。但是，他們被洞口那道石門擋住了，想了很多方法都無法開啟。正在這時候發生了地震，地動山搖，安子洛和另一名隊員不幸跌下山崖，壯志未酬身先死。待地震停止後，韋至仁和其他隊員攀下山崖，想找回隊友屍體，但這時候，他們被每每部落的土著

人發現了。土著人一向視金剛山為「神山」，自己人都不許隨便進入，更別說是外人了。幾百個精壯男人手持武器圍攻他們，探險隊員們只好狼狽逃離那裏。

父親的去世，令安家遭受了毀滅性的打擊，安琦的母親患上了抑鬱症，竟在兩年後去世了。安琦的奶奶強忍着悲痛，一個人負起撫養安琦的擔子。由於她太過思念兒子，每日以淚洗面，安琦中學畢業那年，她的眼睛失明了。

自小遭逢不幸，這反倒培養出安琦堅強的性格，她很努力讀書，十八歲便拿了碩士文憑，打工養活奶奶。但她一直有一個強烈的心願，就是完成父親的遺願，找到所羅門寶藏。但每次她跟韋至仁叔叔談起，韋叔叔都只是搖頭，說自從那次探險隊進入之後，土著人就更嚴密地把守「神山」，不許任何外族人進入。而且即使能越過土著人的封鎖進入金剛山，也無法打開月亮洞，要安琦別再想了。

安琦卻不死心，她從韋叔叔送回來的父親的行李中，發現了一本日記本，上面記載了父親出事前的每日行程，安琦留意到，在他遇難前一天的日記中，提

到了一隻「藍月亮」寶石戒指。日記裏講到，根據一些典籍介紹，曾有人目睹天神用一隻「藍月亮」寶石戒指，將月光折射到月亮洞的石門上，打開了石門。

　　不管真也好，假也好，這也許是進入月亮洞的唯一辦法。從此，安琦就醉心於尋找「藍月亮」戒指。為了達到目的，她找的工作都同旅遊有關，都跟有錢人有關，她利用工作之便，四處打聽「藍月亮」的下落。

　　幾年過去了，她多方打聽，卻一直沒有打聽到有關「藍月亮」的任何消息，直到小嵐上船，她無意中聽到了利安和小嵐之間的談話，才知道這枚戒指落在古國烏莎努爾的深宮中，成了歷代王妃的珍藏。

　　於是，她設法綁架了小嵐，誰知……

　　「原來是這樣！」小嵐聽完安琦的故事，十分感歎，「安琦姐姐，你一定很愛你的父親。」

　　淚水在安琦眼中打轉，她哽咽地説：「雖然我和父親只是相處了五年，但我想我這輩子都不會忘記他。我還清楚地記得他離開那天給我的承諾，他要給我講一百個故事。但是，這已經是無法實現的事了……」

安琦再也說不下去了，淚水大滴大滴地落下來。她邊擦眼淚，邊拿出一個本子遞給小嵐：「這就是我父親的日記本。」

　　小嵐接過本子，打開了安子洛的最後一篇日記。裏面記述了他在月亮洞前尋找入口的經過，其中提到，他在月亮洞的石門上發現了幾個奇怪的文字，他還把字描了下來。

　　小嵐吃驚地睜大了眼睛。那幾個字有點眼熟……噢，天哪，這麼像父母留給她的那隻戒指上的幾個怪字！

　　那隻戒指是不久前爸爸媽媽去烏莎努爾看她時，鄭重地交給她的。當年他們在江邊撿到她時，這戒指就用一條銀鏈子穿着，戴在她脖子上。

　　因為牽涉到自己的身世秘密，小嵐很細心地研究過這隻戒指。

　　好像也沒什麼特別，戒指是銀做的，戒面是一塊指頭般大的圓形石，白色的，有點通透，好像是一塊白玉。只是小嵐有一天無意中看到戒指的背面，發現那裏有幾個字。這些字很古怪，小嵐還是第一次見

到。她特地去查了一本有關文字的書，裏面收錄了現今世界的所有文字，但竟然找不到跟那幾個字相似的。小嵐想，那大概是設計首飾的人隨意弄上去的符號而已，於是就沒再理會。

為什麼這幾個字會出現在月亮洞的石門上，是巧合？還是有什麼關聯？

也許，月亮洞裏不但藏有寶藏，還藏着有關自己身世的秘密！小嵐馬上做了一個決定，去月亮洞弄個明白。

小嵐拉着安琦的手說：「安琦姐姐，你放心好了，我這就跟你一塊兒去非洲，尋找所羅門寶藏！」

「真的？你真的肯跟我們去非洲？！」安琦十分驚喜，她一把抓住小嵐的手，使勁搖晃着，「謝謝你，真太謝謝你了！」

「那……」利安正想說什麼，但被屋外一陣尖銳的警車聲打斷了。

安琦的臉馬上變得慘白。

韋天青緊張地拿起槍，說：「是警察找來了！」

小嵐馬上奪過他的槍，迅速塞到沙發下面，又小

聲説：「我們裝作沒事一樣，坐着聊天。哈哈哈，台灣的臭豆腐好好吃……」

話沒説完，門「砰」一聲被人撞開了，一班荷槍實彈的警察衝了進來，用槍指着安琦和韋天青，大喊道：「不許動！」

接着曉晴帶着曉星和妮娃也衝進來了，他們一見小嵐和利安，馬上撲了過來，大叫大嚷：「太好了，你們果然在這裏！」

這時一個高個子警官走了過來，對小嵐彎腰鞠了個躬：「小嵐公主，我們保護來遲，令您受驚了！」

「公主？！」安琦和韋天青面面相覷，他們心想：今天這禍闖大了，原來自己綁架了一個公主！

高個子警官轉頭朝他們吆喝着：「你們已經犯了綁架罪，跟我們回警署，走！」

小嵐急忙説：「什麼綁架罪？嗨，你們搞錯了！我是來安琦姐姐家作客的。」

這回輪到高個子警官發呆了，他不知為什麼會出現如此戲劇性的變化。倒是曉星跑了過來，拉着小嵐説：「小嵐姐姐，你怎麼啦！你明明……」

小嵐馬上打斷他的話：「我是自己貪玩跑下船的。安琦經理見了就下船追我，結果船開了沒法回去，就到這裏來了。」

曉星看着小嵐，臉上滿是不相信。

小嵐對高個子警官說：「對不起，讓你們白跑一趟！對不起對不起！」

見小嵐一連說了那麼多對不起，那警官倒有點不好意思起來：「噢，不要緊不要緊，您貴為烏莎努爾公主，我們保護您是應該的。您沒事就好，要不我們台灣警方難辭其咎！」

小嵐笑着說：「貴地民風淳樸，我怎會有事呢？回國以後，我會好好地替貴地宣揚一番呢！」

警官笑得眯了眼：「謝謝，謝謝公主美言！」

小嵐說：「好了，這裏沒事了，你們請回吧！」

警官點頭說：「是，是！」

他又拿出一張名片，說：「我姓劉，叫劉鷹。您有事可以找我，我會第一時間趕到。」

曉星拿過名片，看看警官，又看看名片，問道：「請問你有個哥哥或弟弟叫劉鵬嗎？」

劉鷹一聽，驚訝地説：「你怎麼知道？他是我哥哥，在香港做警察。」

曉星哈哈笑着，大力地捶了劉鷹一下：「劉鵬是我們老友呢！哈，我們跟你們兄弟真有緣！」

劉鷹也是自來熟，跟曉星你一捶我一捶的，兩人很快成了好朋友。到劉鷹要走時，曉星竟捨不得呢！

當警察全部撤離時，一直沒吭聲的安琦和韋天青走到小嵐面前。安琦惶恐地對小嵐説：「對不起，沒想到您是烏莎努爾公主……」

小嵐笑着説：「嘿，不必介意，公主也是人一個！」

韋天青也感激地説：「小嵐公主，謝謝您大人大量，放我們一馬。」

小嵐還沒回答，冷不防曉星一下跳到他們中間，喊道：「哦——我知道了，原來你們真是一對雌雄大盜！小嵐姐姐你好沒原則，竟然為他們打掩護！」

安琦和韋天青聽了十分尷尬。

曉星氣呼呼地拿出手機：「你們竟然膽敢綁架我的小嵐姐姐，你們已經犯了法，小嵐姐姐肯放過你，

我也不肯！我馬上打電話給劉警官……」

「你！」

小嵐正不知如何是好，這時利安跑過去，把曉星的電話奪了下來。

小嵐生氣地説：「曉星，別亂來，安琦姐姐是有苦衷的。」小嵐把那個發生在十五年前的故事告訴了曉星他們。

曉晴和妮娃聽得眼淚汪汪的，曉星雖然也有點動容，但還是嘀嘀咕咕的：「不管怎樣，都不可以綁架我小嵐姐姐呀！」

曉晴白了曉星一眼：「你呀，真是死心眼，法理不外乎人情，安琦姐姐夠慘的啦，你還不原諒她！」

安琦歎了口氣，對大家説：「其實曉星説得很對的，不管什麼理由，我都是犯了法了。曉星，你放心好了，等我從非洲回來，會去警署自首的。」

韋天青也説：「對，我們一塊去，我們每個人都要為自己做的事承擔後果。」

曉星吁了一口氣，説：「這才對呢！就由法庭來判別你們有罪沒罪好了。」

大家無言，都知道曉星其實説得很對，但很快他們又熱鬧起來了。大家知道小嵐已決定和安琦一塊兒去尋找所羅門寶藏，都爭着要跟去。

　　安琦提醒大家説：「大家要想清楚，我們並不是去玩。此行路上充滿艱險，要闖過一個荒無人煙的大沙漠，要越過土著人的封鎖線。即使到了金剛山，還要冒生命危險進入月亮洞去……」

　　曉星和妮娃一開始就不依不饒地一定要去，他們覺得尋找所羅門寶藏一定大大的有趣。擾攘了好一會，最後還得由小嵐一錘定音——妮娃太小，不能去；曉晴是女孩子（她好像忘了自己也是女孩子了），也不方便去；要找個人陪她們回國，曉星還小難擔重任，這個任務就落到利安身上了。利安聽了，眉頭皺得緊緊的，一副心不甘情不願的樣子，他其實十分擔心小嵐的安危，很想陪她去闖月亮洞呢！只有曉星最高興，他得意洋洋地向妮娃承諾，會從月亮洞帶一件好玩的東西給她。

　　探險隊名單終於確定了——小嵐，安琦，曉星，韋天青。

第七章

奪命沙塵暴

一架小型飛機在沙漠上空飛行着，強烈的太陽光，讓飛機在地面上投下了一個清晰的影子。

飛機上坐着探險隊員們——小嵐、安琦，還有利安和曉星。

咦，怎麼是利安不是韋天青呢？利安受小嵐所託，應該在護送曉晴和妮娃回國途中的呀？

原來天有不測風雲，臨起行時，韋天青才發現護照過了期，他雖然氣得捶胸頓足但也於事無補。這事正中利安下懷，他聯絡了饒一茹幫忙護送兩個女孩回烏莎努爾，自己就代替韋天青，跟小嵐等一齊向非洲進發。

也幸虧利安來了，要不，還真沒辦法在小鎮上租到這架小型飛機呢！那個見利忘義的飛機出租公司老闆，見小嵐他們是外國人，便有意抬價，出了個令人

咋舌的價錢，按安琦原來預算，就是把回程旅費都搭上也不夠給。幸好利安帶有信用卡，他毫不猶豫地拿了錢交給了那老闆，才順利租到了這架小型飛機。

他們要沿着當年安子洛探險隊的路徑前往月亮洞，必須穿越一個叫做「死亡之路」的大沙漠。這個大沙漠天氣酷熱、寸草不生，靠雙腳根本不可以越過去，所以這架小型飛機對於他們這次探險極為重要。

小嵐起初還擔心曉星又會犯「飛機恐懼症」，幸好他這回是乖乖上了機，只是扣安全帶時，自我安慰地說了聲：「從烏莎努爾去台灣都沒事，這回也會一路平安的！」

一眼望不到邊的荒漠上，除了那個忠實相隨的飛機影子之外，就什麼也沒有了。曉星起初還蠻感興趣地盯着影子看，時間一長也就意興索然了，竟靠着座椅呼呼大睡起來。小嵐和利安則很感興趣地看着安琦駕駛飛機，問這問那的。小嵐說：「安琦姐姐，你真厲害，連開飛機都會！」

安琦說：「為了完成父親心願，這麼多年我一直在為今天做準備，這駕駛技術，也是準備之一。」

小嵐用欽佩的目光看着安琦，説：「有你這麼一個女兒，我想安伯伯在天之靈也感到欣慰了。」

安琦説：「從我懂事那天起，我就已經決定窮自己一生，去完成父親未完的事業。」

曉星不知什麼時候睜開了眼睛，他突然大喊一聲：「那影子呢？」

地上的影子果然不見了，原來太陽不知什麼時候已經躲了起來，再看看四周，天漸漸轉暗，還颳起風來。

安琦觀察了一下外面的情況，臉色有點變了。

小嵐察顏觀色，知道可能會出事，便問：「安琦姐姐，有問題嗎？」

安琦點點頭：「情況不好！沙塵暴要來了。」

利安嚇了一跳，急忙問：「我們可以趕在沙塵暴到來之前，到達目的地嗎？」

像是要回答利安的問題似的，飛機外面霎時天昏地暗，風颳起漫天沙塵，天和地都好像變成了黃色。

安琦雖然早已有思想準備，有可能在沙漠上遇到沙塵暴，但見到真正的沙塵暴時，仍然被它的威力嚇

壞了。偏偏曉星又哇哇叫起來：「安琦姐姐，是不是要墜機?!」

「大家鎮靜點!」利安一手拉住小嵐，一手拉住曉星，又對安琦說，「安琦，控制好飛機，然後趕快着陸。」

安琦大聲「嗯」了一聲。但這時風越來越大了，它彷彿變成了一個張牙舞爪的狂魔，扯下飛機天線，拽開引擎，更把沙塵和石礫覆上了機身。飛機開始搖搖晃晃，幸好安琦仍能保持鎮定，讓飛機強行降落了。

大家鬆了一口氣，但正在這時，一陣強風吹來，把飛機颳了個四腳朝天。

飛機裏一陣混亂，碰撞聲，驚叫聲，人仰馬翻。

利安首先爬起身來，他顧不得察看自己有沒有受傷，馬上喊道：「小嵐，曉星，安琦！你們沒事吧？」

他一把拉起身旁的小嵐，小嵐身子軟軟的，利安嚇得手抖了起來，不住地大叫着：「小嵐，小嵐！」

幸好小嵐只是一時撞得昏頭昏腦，被利安一喊，

她就緩緩睜開了眼睛。利安一見，竟激動得一把將她摟在懷裏：「小嵐，你沒事吧！沒事就好，你把我嚇壞了！」

這時，曉星和安琦也爬起來了。安琦説：「飛機受到猛烈撞擊後容易發生爆炸，大家快跑！」

於是大家趕緊爬出飛機。安琦急忙中摸到了一瓶蒸餾水，就拿着它跑出來了。

四個人一鑽出機艙，便開始拚命奔跑，因為是逆風，他們跑得很慢，當他們跑離飛機幾十米遠時，飛機「轟」的一聲爆炸了，爆炸的力量把他們推倒在地上，飛機的碎片落了一地。

再回頭時，見到飛機已炸得四分五裂，火和煙被風吹得四處亂竄，大家都嚇呆了。曉星驚嚇地張大嘴巴，好一會兒才説了一句話：「我們差點變燒豬了。」

苦難才剛剛開始，沙塵暴仍沒有停的意思，風挾着沙子，使勁地往他們嘴裏鼻孔裏灌，利安困難地四處張望，見到附近有一塊大石頭，便拉着大家走到大石後面暫避。

那塊石頭剛好有個凹位，四個人縮在裏面，擠成一團，利安還脱了外衣，分別由他和曉星抓住，擋着瘋狂撲來的沙子。沙子颳在衣服上發出沙沙的響聲，曉星開始時還覺得蠻好玩的，嘻嘻哈哈地笑着、説着，但過了一會就知道風沙的厲害了，他只要一張開嘴，沙子就跑進他的嘴裏，弄得他不敢再説話了。

沙塵暴又肆虐了近半個小時，才停了下來。四個人從大石後面鑽出來，大家身上又是沙又是土，顯得怪模怪樣的。

小嵐和安琦撥弄着頭髮，想把滿頭沙子甩掉。利安忙着低頭察看那件曾用來擋風的襯衣，風把一隻袖子扯斷了，衣服下襬也撕裂了。儘管衣服破成這樣，但總比沒衣服穿好，所以利安仍穿上了。

「呸！呸！呸！」曉星正在很努力地把嘴裏的沙子吐出來，偶然一回頭，見到利安衣着古怪，立即大聲咋呼起來：「哈哈，利安哥哥真像個乞丐！」

小嵐和安琦一看，也忍不住哈哈大笑起來。

可是，他們很快就笑不出來了，因為他們陷入了困境。他們的交通工具沒有了，只能靠雙腳走出沙

漠；行走沙漠最需要的糧食和水，就只有安琦小背囊裏的一袋餅乾，還有逃出飛機時帶出的一瓶蒸餾水。

沙漠的天氣說變就變，沙塵暴剛過，太陽又高掛天上，沙漠被太陽一曬，熱氣上升，又馬上變得熱辣辣的。

「好熱啊！好熱啊！」曉星大聲叫嚷着，像小狗一樣伸出舌頭，大聲喘氣，「安琦姐姐，可以喝點水嗎？」

安琦拿出那僅有的蒸餾水，說：「只能每人喝一小口，我們還不知道要在這裏呆上多久呢！」

大家雖然都渴得口乾舌燥，但都很自覺地只用水濕了濕嘴唇。

接下來，就是商量下一步該怎樣走了。走回頭路，還是向前走？

安琦說：「按照飛行時間推算，我們已走了四分之三的路了。」

曉星想也沒想就說：「那我們朝目的地走吧！」

安琦皺着眉頭說：「雖然只剩下四分之一的路，但在缺糧缺水的情況下，也很難走下去呢！除非能夠

找到水源。」

利安說：「但是，我們往回走的路更長，也就更危險。」

小嵐說：「這樣吧，我們還是往前走好了。」

利安和曉星都附和說：「是呀，我們不能半途而廢。」

安琦感動地看着她的朋友們，說：「謝謝你們！」

第八章

荒漠歷險

荒漠上，四個人在艱難地走着，路上留下了一串長長的、深深的腳印。曉星開始時還不時説笑話逗樂，但後來就再沒吭聲了。

突然，利安發現，小嵐走起路來一拐一拐的。他不禁驚訝地問：「小嵐，你的腳……」

小嵐趕快走幾步，還搖着頭説：「沒事沒事！」但她馬上又哎喲一聲，痛得蹲了下去。

利安不由分説撩起她的褲腿，不禁「啊」了一聲，原來小嵐的小腿上，有一處幾寸長的傷口，還往外滲着血。大家一見，馬上圍了上來。

「小嵐姐姐，你的腿受傷了，你怎麼不早説？」曉星蹲下來，不安地看着小嵐的傷處，「是什麼時候受傷的？」

「我也不知道，大概是飛機爆炸時弄傷的。」小

嵐拉下褲腿，滿不在乎地說，「嘿，不就是擦了一下嗎，沒什麼大不了！」說着就要繼續走。

利安一把拉住她，生氣地說：「你給我坐下！」

他「嚓」一下，把那隻僅存的袖子撕了下來，給小嵐包好傷口，然後扶她起來，說：「從現在起，我就是你的拐杖，我扶你走。」

曉星說：「小嵐姐姐，我也要做你的拐杖。利安哥哥扶累了，就輪到我！」

小嵐說道：「不用了，不就是一點點傷嘛，就成了傷兵啦！」

她嘴裏雖然抗拒，但最後還是順從地讓利安扶着她。說實話，那傷口每走一步都好痛好痛。

太陽熱辣辣地照着，地上的沙子變得滾燙滾燙的，曉星一邊走一邊呱呱叫：「媽呀，我的腳要變成『鐵板燒』了。」

上面曬，下面燙，那種滋味實在難受，大家很快就累得走不動了，利安找了個地方，讓大家坐下休息。

曉星用舌頭舔了舔乾裂的嘴唇，有氣無力地問道：「安琦姐姐，還有水嗎？」

安琦拿出那瓶蒸餾水，説：「只有小半瓶了，要省着喝。」

曉星拿過水，抿了一小口，又遞給小嵐。小嵐因為腳傷，顯得特別疲倦，她勉強笑了笑，拿過瓶子，喝了一小口，就交給安琦。就這樣輪了一圈之後，那瓶水只剩下一點點了。

安琦又拿出餅乾，每人給兩塊。自從早上臨起飛時吃了早餐，大家就一直沒有進食，但他們都覺得沒有什麼胃口，只是為了有力氣走路，才把餅乾硬啃下去。

幸好到了四五點鐘的時候，太陽的威力漸漸減弱，於是，大家趁着天氣沒那麼酷熱，又起程了。

小嵐走了一會兒就再也走不動了，她的腿軟軟的，一步也沒法挪。利安見了，要背她走，但小嵐知道在沙漠上走路，單身一人已很辛苦，更別説要背着一個人了，所以怎麼也不肯讓利安背她。利安和安琦商量了一下，決定先停下休息。

安琦説：「大家抓緊時間睡一會，到半夜時，天氣會涼快一點，我們再起行。」

利安扶小嵐坐下，小嵐靠在一塊石頭上，看起來

十分虛弱的樣子。安琦見她臉色發紅，開始還以為是太陽曬的，但越來越發現不對勁了，便伸出手，輕輕觸摸她的額頭。安琦馬上「哎呀」地叫了一聲：「小嵐，你發燒呢！」

利安聽了，急忙伸手去摸小嵐的額頭，隨即喊了起來：「啊，好燙！小嵐，你怎麼發燒都不吭聲？天哪，你竟然帶病走了那麼長的路！」

利安又生氣又着急。

曉星也着急地說：「小嵐姐姐，你一定很辛苦了，都怪我，要是我一早就背你走路，你就不會生病了。」

「沒事……」小嵐很想說些令眾人寬慰的話，但她已經連說話的力氣都沒有了。眼睛一閉，就昏昏沉沉地睡着了。

曉星嚇壞了，他哭着叫道：「小嵐姐姐，你不要死呀！」

安琦掏出那瓶水，把僅餘的一點點水倒進小嵐的嘴裏，她摸了摸小嵐的脈搏，說：「得趕快給小嵐找醫生。」

利安急得團團轉，他說：「這茫茫大沙漠，上哪

兒去找醫生啊？」

「我們趕快走出沙漠，請土著人施援手。也許他們有些土方法可以治小嵐的病。」安琦說。

曉星說：「土著人這麼野蠻，他們不會救小嵐姐姐的。」

「不管怎樣我們也要試試，這是唯一的辦法。」安琦說完，又拿眼睛瞄了瞄那個蒸餾水空瓶子，她擔憂地說：「但是，我們還不知道能不能走出這地方，在沙漠裏沒有水，就等於沒有生存機會……」

利安說：「那我們別休息了，我們連夜趕路吧。對小嵐來說，時間就是生命！」

利安說完，把小嵐背起就走。

「嗯……」小嵐勉強睜開了眼睛，呻吟了一下，就不再出聲了。

他們又在沙漠上艱難地走了起來。沙漠上仍然十分熱，但沒有陽光照射，情況已好多了，這讓他們的步伐比白天快了點。

利安走了一會就顯得力不從心了。唉，這個首相家的大少爺，自出世就養尊處優，什麼時候受過這樣

的苦？但是，背上小嵐的每一下呻吟，都刺痛着他的心，使他咬緊牙關，邁出一步又一步。他要走出沙漠，讓小嵐得到救治。

安琦和曉星見了，都過來要替他背一會，但利安總是搖頭。怎可以把這重負攔到他們身上呢！

腳下起了泡，他每走一步都鑽心的痛，頭上的汗水，一滴一滴往下淌。

小嵐在迷糊中也察覺到了利安為她的付出，兩行淚水從她臉上緩緩地流了下來。

走呀走呀，就這樣走了一夜，到東方微露晨曦時，利安再也走不動了，他剛把小嵐放到地上，自己就腿一軟，癱倒在地。曉星和安琦也倒在利安身旁，精疲力盡。

看着沒有盡頭的茫茫大沙漠，利安、曉星、安琦，都已經感覺到了死亡的威脅，彷彿死神正向他們步步接近。

小嵐處在半昏迷中。她不停地做惡夢，一會兒夢見自己從摩天大廈上掉下來，千鈞一髮之際萬卡在半空中救了她；一會兒又夢見自己在一個不時有鬼魅出

沒的地方迷了路，正在驚惶時，利安跑來帶她走出黑暗……夢境中利安和萬卡交替出現着，一次又一次地把她從水深火熱之中救出。

她又夢見萬卡了。聽，萬卡在叫她的名字呢：「小嵐！小嵐！小嵐！」聲音好真切，好真實，充滿關愛，充滿焦慮……

小嵐心裏很想說：「我在這裏，你別着急，別着急！」但她乾澀的喉嚨發不出一點聲音，她急得睜大了雙眼……

她看到了萬卡那張焦急的臉！

「小嵐，你醒了？太好了，太好了！」萬卡激動得眼含淚水。

小嵐迷惘的目光在萬卡臉上打轉，是做夢嗎？夢竟然這樣真切。

「小嵐姐姐，萬卡哥哥救我們來了！小嵐姐姐，我們有救了！」又出現了曉星的臉，他抓起小嵐一隻手，使勁搖晃着。

小嵐又看見了利安和安琦的臉，利安開心地喊道：「小嵐，萬卡駕着飛機在沙漠上找到了我們。」

小嵐蒼白的臉上綻開了笑容，但隨即又疲憊地合上了眼睛。

並不是夢，真的是萬卡孤身駕着一架飛機，從烏莎努爾飛來尋找他們了！機上帶來了充足的水和糧食，還有各種備用藥物，令被困沙漠的探險隊員們不再受飢渴和疾病的威脅。

萬卡把小嵐抱上飛機，小心安置在一張帆布牀上，又迅速替她檢查。

安琦擔心地問：「小嵐沒事吧？她為什麼發燒？」

萬卡説：「她是傷口感染，以至發燒。我現在就給她打針吃藥，很快會沒事的。你們放心好了。」

曉星驚訝地問：「萬卡哥哥，你原來還是個醫生呢！」

萬卡一邊準備針藥一邊説：「我有醫科文憑的，只是父親……噢，就是萊爾首相，他希望我負責宮廷保衛工作，我才放棄了做醫生。」

利安此時已緩過氣來，他拍拍萬卡的肩膀，説：「老弟，幸好你及時趕到，要不小嵐真沒法熬到走出沙漠。」

小嵐一直迷迷糊糊的，眼睛半開半閉，萬卡給她打了針，又把她扶起來餵了藥，然後讓她躺下。不一會，小嵐的呼吸明顯平穩了，之後便熟睡起來。

　　眾人見了，才都放下心來。這時候，利安才顧得上問萬卡：「好小子，你來得真及時，你是千里眼順風耳嗎？怎麼知道我們出了事？」

　　萬卡笑笑說：「曉晴和妮娃回去以後，把你們的計劃和行蹤告訴了我，我實在不放心你們，就馬上開飛機找來了。到小鎮入油時，又知道剛發生了沙塵暴，所以急忙駕機進入沙漠地帶，尋找你們的蹤跡。謝天謝地，幸虧你們都沒事。」

　　曉星正在大口大口地喝着蒸餾水，他大聲說：「萬卡哥哥，你真是小嵐姐姐的救命恩人哪，上次在香港是你救了她一命，這次又是你救她，萬卡哥哥，你真應該跟小嵐姐姐結婚！」

　　萬卡聽了抿嘴笑笑，利安卻狠狠瞪了曉星一眼：「你這小人精，人家結不結婚，關你什麼事！」

　　安琦一直沒說話，她有點緊張，也許是因為平生第一次接觸一位國王吧。這時她說：「萬卡先生，真

對不起，是我令你的幾位朋友差點沒命。」

「你別責怪自己。來這裏，是他們自己的選擇，不能怪誰。」萬卡善意地說，「其實曉晴和妮娃已把你的事告訴我了，我也很佩服你要完成父親遺願的那種執着，我這次來，也是希望能助上一臂之力。」

安琦高興得一時說不出話來，她萬萬沒想到，堂堂烏莎努爾國王，竟然肯幫助一個素昧平生的外國平民女子，她感動極了。她當然不會知道，這除了萬卡本身樂於助人外，還因小嵐要幫助安琦達成心願。愛屋及烏，萬卡一定義不容辭了。

除了曉星的「結婚說」令利安呷了一會兒醋之外，飛機裏是一片開心氣氛，尤其是曉星，他把飛機上的豐富食物每樣都嘗了一點，把肚子撐得脹鼓鼓的。安琦也沒了剛開始時那種拘謹，和萬卡談得頗為投機。知識面已算很廣的她，發現萬卡勝自己一籌呢！

按萬卡估計，這裏離沙漠邊緣已不遠了，只需二十來分鐘的飛行時間。他建議大家先休息一下再起飛，因為一出沙漠，就隨時會碰上土著人，得養足精神準備對付他們。

利安和安琦都很贊成。曉星呢？他吃飽喝足之後，早就呼呼大睡了。

當飛機裏的人都入睡之後，萬卡走到小嵐身邊，他輕輕地把小嵐一隻搭拉在牀邊的手拿起，想放回牀上。他突然發現，原來小嵐的左手背和手指上也傷了七八道小小的口子，上面凝着血漬。

萬卡趕忙拿來藥箱，替她洗了傷口，塗了藥。想了想，怕她接觸髒物受感染，乾脆用紗布替她把左手包了起來。

萬卡用關切的眼神凝視着小嵐的臉。才幾天時間，她好像已經瘦了一圈，那張秀氣的瓜子臉變得更尖了，只是臉上那種美麗和倔強絲毫不減。此刻，她好像知道已經脫離險境，睡得十分安詳，大概做了個好夢，她笑了起來，臉頰上兩個酒窩也隨即抖動了幾下。

萬卡真想親她一下，但不知怎的，心馬上怦怦亂跳起來，好像做了虧心事一樣。正在這時，有人從後面扯了一下他的胳膊，把他嚇了一大跳。

原來是曉星。

萬卡鬆了一口氣，他問道：「你怎麼不再睡一會？」

曉星說：「我惦掛着小嵐姐姐呢！她好點沒有？」

萬卡伸手摸摸小嵐的額頭，高興地說：「沒事了，退燒了！」

也許他的聲音大了點，小嵐睜開了眼睛。她的目光落到萬卡臉上，馬上露出驚喜的神情：「真的是你！原來我剛才不是做夢。」

萬卡不知怎的突然臉紅了，他笑了笑，說：「對不起，把你吵醒了。」

「不，我應該睡了很久了吧？迷迷糊糊的時候，我好像聽說你駕了一架飛機來救我們。」

小嵐要起身，萬卡連忙幫她把那張兩用的帆布牀拉高，成為一張安樂椅。

萬卡還沒來得及說話，曉星就嘰里呱啦地說開了，把萬卡駕機前來救他們的事一一說出。

小嵐聽了，調皮地伸了伸舌頭：「糟糕，那我又多欠你一次了。什麼時候給機會我救你一次，讓我少

欠你一點。」

曉星笑着説：「小嵐姐姐，你跟萬卡哥哥拍拖吧，當是還債。萬卡哥哥喜歡你！」

「去你的！」小嵐伸手要打曉星。

曉星嘻嘻笑着，躲到了萬卡背後。

這時安琦和利安都醒了。利安揉着眼睛，説：「你們嚷嚷什麼呀！」

一看到小嵐醒了，還挺精神的樣子，利安高興地叫了起來：「小嵐，你沒事了？」

安琦也開心地説：「小嵐，你看上去精神不錯。」

小嵐笑道：「謝謝你們的關心！我感覺好多了。萬卡的醫術這麼高明，他真不應該做國王，應該做醫生才對！」

她又對利安説：「我也得謝謝你！你一路上背着我，真辛苦你了。」

利安笑道：「只要你沒事，我再辛苦也值得。」

第九章
所羅門寶藏

　　到底是充沛活力的年輕人，休息了一段時間之後，大家都恢復了體力。小嵐雖然臉色仍不大好，但身體已沒問題了。萬卡打開她腿上的紗布，又給她換了一次藥。

　　大家這時才發現小嵐的左手也纏上了紗布，安琦關心地問：「咦，你的左手也受傷了？」

　　「哈哈，我真成了傷兵了！」小嵐滿有興趣地看着被紗布纏得嚴嚴實實的左手，「咦，戒指也包起來了！也好，省得有人見了起歹心。」

　　安琦聽了有點不好意思。

　　小嵐見了，忙笑道：「噢，我說錯話了。安琦姐姐，你的可不是歹心，你是孝心，你是因為要完成父親的遺願才打我戒指的主意的。」

　　安琦剛要說什麼，這時萬卡捧了一個紙箱過來，

說道：「大家來吃點東西，吃飽就起飛了。」

「噢，開飯囉！」曉星對「吃」向來表現積極，他連忙圍了過來，在箱子裏找好吃的。

萬卡帶來的食物十分豐富，大家像開派對一樣，飽餐了一頓。萬卡看看手錶，說：「現在是清晨五點，我們馬上起飛，趁天還沒亮時降落，這樣才不容易被土著人發現。

飛機順利升空，也幸虧萬卡在茫茫沙海中找到了一塊勉強能供飛機升降的地面，這令他昨天順利降落，今天順利起飛。

萬卡坐在駕駛室裏，他一邊注視前面情況，一邊對大家說：「如無意外，飛機應在半小時後飛出沙漠。」

大家聊起天來，話題都圍繞着所羅門寶藏。

萬卡問安琦：「有關所羅門寶藏的事，我也聽說過，多少年來許多人在世界各地尋找，都沒能找到，你有把握真的藏在金剛山月亮洞裏嗎？」

安琦說：「我也不敢肯定，但我父親一生都在尋找這個所羅門寶藏，對它很有研究，我想他不會無憑

無據千里迢迢來到這裏的。」

曉星插嘴説：「萬卡哥哥，你也知道所羅門寶藏？所羅門是一個人嗎？他很有錢嗎？」

萬卡説：「所羅門是三千年前一個很了不起的國王，相傳他的財富與智慧都是天下第一的。他生前積下數不清的金銀財寶。公元前十世紀的時候，所羅門修建了一座非常雄偉壯觀的神殿，據説他把所有金銀財寶全部藏在神殿的地下室裏，人們稱為所羅門寶藏。」

曉星點點頭：「啊，原來如此！」

萬卡説：「令許多人關注的還有神殿聖堂裏的一個『金約櫃』。約櫃用皂莢木造成，裏外都包上精金，兩側有一對展翅欲飛的天使。相傳這『金約櫃』裏放有耶和華的訓諭，是世間罕有的寶物，一般人是不可以進聖堂看一眼的，只有最高祭司長每年可進去一次。」

「啊！太神秘了，要是我有機會看看就好了！」曉星眼睛睜得大大的。

萬卡繼續説：「所羅門死後，所有人都對他的寶

藏虎視眈眈。從公元前四世紀起，馬其頓、托勒密、塞琉古諸王國先後佔領過耶路撒冷，他們都花了很大精力，千方百計尋找所羅門的財寶，但毫無結果。所羅門的所有財富，連同那著名的『金約櫃』，全部不翼而飛了。公元一至二世紀，羅馬帝國佔領時期，也千方百計尋找過，仍然一無所獲。十一至十三世紀，基督教幾次組織十字軍東征，攻進耶路撒冷，到處尋找財寶和約櫃，也以失望告終。」

曉星笑嘻嘻地説：「有趣有趣，所羅門王是三千年前的人，那就是説，人們尋找這寶藏足足幾千年了。把東西藏起來，讓人幾千年都找不到，這所羅門王，可真會玩躲貓貓遊戲啊！」

小嵐説：「有關傳説我在書上也看到過。有些專家學者認為，所羅門寶藏可能藏在亞伯拉罕巨石底下的暗洞裏。亞伯拉罕巨石是一塊長17.7米、寬13.5米的花崗石，高出地面1.2米，由大理石支撐着。下面的岩堂有30米高，在岩堂裏有洞穴，完全可以容納所羅門寶藏。有幾個英國冒險家知道了學者們的看法後，便去尋找。他們買通了岩堂的護衛，每天黑夜都摸進岩

堂挖掘，白天就將洞口偽裝。就這樣一連挖了七天，但都沒發現什麼。後來，他們的行徑被人發現了，只好放棄挖掘，逃之夭夭。」

曉星說：「咦，小嵐姐姐，你也知道這些故事？」

小嵐還沒回答，利安就插嘴說：「我也知道一點。後來又有人傳說珍寶藏在約亞暗道裏。約亞暗道是所羅門的父親大衛攻打耶路撒冷時發現的一條秘密通道，這條通道可以從城外通到城裏。據說這通道還和所羅門聖殿相連。一九三零年，美國人理查德·哈利巴頓和摩埃·斯蒂文森就曾潛入暗道尋找過約櫃和寶藏。他們在約亞暗道裏發現有一處土質不同的地方，並看見好像有一條秘密地道，地道裏有被沙土覆蓋的階梯。他們十分高興，馬上把沙土挖開。可是階梯上的流沙卻越挖越多，甚至連地道也幾乎被堵塞。沒辦法，他們兩人急忙退出地道，尋找寶藏的計劃又告失敗。」

曉星看着利安，話音中帶點酸溜溜的：「利安哥哥，怎麼你也知道呀？」

這時候安琦説話了：「後來又有些學者查找歷史資料，發現所羅門在位時經常派船隻出海，每次回來都滿載着黃金，因此他們推測，所羅門把寶藏藏在某個海島上，用船載回的黃金應是從那海島上取回來的。但是千千萬萬個海島中，究竟哪個才是藏寶之地呢？於是，許多人又紛紛轉投一些島嶼尋找所羅門寶藏了。一五六八年的一天，西班牙航海家明達尼亞在南太平洋上發現了一座島嶼，見到島上的土著居民身上戴着許多金光閃閃的飾物，他不禁聯想起有關所羅門寶藏的傳説，心想莫非這就是藏有所羅門寶藏的島嶼？他把那個島取名為所羅門羣島，又將在島上所見公之於眾。人們知道後，又湧去所羅門羣島探查，但最後證實並沒有想像中的藏金窟。」

曉星嘟着嘴説：「原來你們都知道所羅門寶藏的傳説，就我不知道，我真孤陋寡聞。」

萬卡笑着説：「你現在不也知道了嗎！我也是小時候聽大人講的。」

曉星這才又高興起來，他興致勃勃地説：「幾千年都沒有人找到，要是讓我們找到了，那才了不起

呢！史冊上將會記載着：公元二零零八年，偉大的探險家周曉星、馬小嵐、萬卡、利安、安琦，於金剛山月亮洞發現所羅門寶藏……」

看着曉星得意的樣子，大家都忍不住笑了起來。

萬卡看看飛機上的儀表，宣布說：「大家注意，飛機還有五分鐘就要降落了，大家請坐好，繫好安全帶。」

大家聽了都很興奮，馬上轉頭朝窗外望，但外面黑咕隆咚的，什麼都看不見。

飛機開始降落了，大家都有點緊張，因為降落的地方很接近土著部落，那些土著人可是一點不歡迎他們到來的呀！

啟動了消音系統的飛機，悄然無聲地降落在地上。待飛機停定後，一行五人跳下飛機，他們終於腳踏「實地」了——腳下不再是鬆軟的沙子。

曉星開心得在地上跳來跳去，其他人也都很享受腳下這堅實的感覺，在沙漠裏折騰了幾天，經歷墜機、沙塵暴、酷熱、缺水缺糧，大家對沙漠都心有餘悸。

萬卡從飛機上拿了些飲用水和乾糧，對大家說：「來，我們每人都背一點。」

　　大家都過來把東西往自己背囊裏塞，小嵐也拿起一瓶水準備放進背囊。利安和萬卡一見，一齊伸手去搶那瓶水，又異口同聲地說：「我替你背！」

　　利安和萬卡的手，還有小嵐拿水的手都停在半空，利安和萬卡互相看看，不禁有點尷尬。

　　曉星嘻皮笑臉地看看萬卡，又看看利安，伸手接過小嵐手上那瓶水，說：「這瓶水可不能掰開兩半，為表公允，還是由我來替小嵐姐姐背好了！」

　　安琦忍不住「噗嗤」一聲笑了。

　　一行五人起行了。

　　安琦說：「按韋叔叔提供的地圖，往前再走一公里，便是金剛山，而月亮洞就位於金剛山山腰的地方。」

　　小嵐很興奮，她摟着安琦，說：「安琦姐姐，我們成功在望了。」

　　「是呀！」安琦說，「但很快我們就會碰到另一個大障礙，土著人部落就在金剛山下，要躲過他們，

也不容易呢！」

利安提出疑問：「這個土著部落在這裏很久了嗎？現在世界上的土著人絕大多數都開始接受現代文明了，一些土著人還進入政府部門任職，但為什麼這裏的土著人仍這樣封閉和落後，竟然還拒絕和外界接觸？」

「可能是由於這地方一直不隸屬任何國家，是個三不管地帶吧！」安琦說，「據說本來鄰近有國家打算接收這些土著人，接他們離開這裏，去現代社會生活，但他們死活不肯，甚至拒絕對話。他們決意世世代代守着他們心目中的神山——金剛山。」

小嵐說：「他們為什麼這樣固執地認為這是一座神山呢？」

「我從父親的日記中知道，相傳他們的祖先曾親眼目睹仙人從天而降，落到金剛山上。所以他們便認定金剛山是神山，從此不但不許外人上去，連他們自己，也不能隨便進入。山腰以上，那更是他們心中的聖地，絕不能踏進一步。」

利安和小嵐、安琦三個人一路談論着，曉星一會兒走來好奇地聽着他們說話，一會兒又跑到前面，和

在前面開路的萬卡說這說那。不知不覺，金剛山已在望了。

「曉星呢？」小嵐突然發現不見了曉星，她向前面的萬卡叫道，「萬卡，你有沒有看見曉星？」

萬卡停住腳步，吃驚地說：「他不是跟你們在一起嗎？」

看看四周，根本沒有曉星的影子，大家都慌了。安琦說：「我們要趕快找到曉星。這裏接近土著人部落，我怕曉星亂跑，被土著人捉去就糟糕啦！」

聽安琦這樣說，大家更加緊張了，忙分頭尋找。一會兒，他們回到了集合地點，大家都神情沮喪，都沒找到曉星呢！

糟了，曉星究竟去哪裏了呢？大家正在着急，突然聽到不遠處有腳步聲傳來。萬卡馬上說：「我們躲躲，提防是土著人！」

大家馬上躲到路旁一塊大石後面。聲音是從前面路上傳來的，但面前剛好有個很大的坡，所以那坡下面的路上有什麼東西他們是沒法看到的。大家都緊張地盯着坡頂，只見露出了一頭黑髮，額頭，眼睛……

啊，原來是曉星！他手裏抱着一個大牌子，臉上笑嘻嘻的。

大家這才鬆了一口氣。小嵐首先衝了出去，一把拉住曉星，生氣地說：「你這小壞蛋，可把我們嚇死了！還以為你被土著人抓走了呢！」

曉星嘻皮笑臉的：「對不起，我不留神走遠了。有收穫呢！我找到了這東西，上面有些怪字，說不定是講所羅門寶藏秘密的！」

曉星得意地向哥哥姐姐們展示他的戰利品，大家這才留神去看那牌子，原來是樹皮做的，上面寫着幾個彎彎繞繞的字。

安琦突然大叫一聲：「糟了！」

大家嚇了一跳，都睜大眼睛看着她。安琦指着牌子說：「這東西叫『闢邪』，相當於中國人的平安符。土著人拿着它向天禱告，請天神保佑，把力量注入『闢邪』，然後把它放在路上，表示妖魔鬼怪從此不能進來。土著人迷信，所以這『闢邪』對他們來說很重要，部落裏連三歲孩童都知道，這東西不可以碰。現在曉星把它拿走了，土著人一定十分震怒，我

們有麻煩了。」

「啊！」曉星呆住了。

「那我們趕快把它送回原處吧！」萬卡接過曉星手上的樹皮牌子，問曉星，「這東西原先放在哪裏的？你馬上帶我去！」

曉星剛要回答，小嵐突然「噓」了一下，小聲說：「你們聽聽，這是什麼聲音？」

果然，有聲音由遠而近，那是一陣陣叫喊聲：「嘿嘿嘿嘿！嘿嘿嘿嘿……」

「土著人！」安琦的臉色大變。

曉星馬上說：「我們趕快跑吧！」

安琦說：「沒用的，他們是個善跑的民族，不管你跑得多快，他們都會追上你。」

大家面面相覷。

第十章

木籠子裏的大使

「嘿嘿嘿嘿」的聲音越來越近，聽得出來，那是一羣粗壯男性帶野性的叫喊。萬卡見情況嚴峻，急忙把小嵐等人拉到身後，自己站到前面，靜觀其變。

剛才曉星回來的小土坡，慢慢露出許多腦袋，有大隊人馬朝他們來了。

氣氛十分緊張。只有曉星不知利害，伸長脖子好奇地看着。

二十多個強壯的土著男人把小嵐他們圍了一圈，他們的打扮十分奇特：黝黑的臉上、手上腳上，反正裸露出來的地方都畫了許多綠色的橫條，就像斑馬身上的條紋一樣；身上穿着獸皮縫的背心和短裙，頭上戴着用草編織的頭冠，頗似《西遊記》中孫悟空的打扮。

土著人把手裏各種奇形怪狀的「武器」指向入侵者，幾十雙眼睛惡狠狠地瞪着他們。

帶頭的一個土著人把手一揮，「嘿嘿嘿嘿」的聲音戛然而止。這人比其他土著人起碼高出一個頭，虎背熊腰，眼睛滾圓，地上一站，就像一座黑鐵塔。他的打扮跟其他人也有點不同，頭冠上除了草之外，還插了一根羽毛。

「奈奈！」中年人指指自己的鼻子，粗聲粗氣地説。

「我知道我知道，他給我們介紹自己，他説他叫奈奈。」曉星搶着作説明，還得意洋洋地説，「看來和土著人溝通也不太難，我也可以當翻譯了。」

中年人又用手指指地面，指指天空，説：「＠＃％＆＆％＃！」

小嵐問曉星：「他現在説什麼？」

曉星眨巴着眼睛，傻了。

安琦仔細聽着，一邊翻譯説：「他譴責我們入侵他們的領土……褻瀆了神靈……」

小嵐説：「那麼你趕快跟他們説，我們沒有惡意……」

安琦哇哩哇啦地説了起來，土著人聽完，仍然用

充滿敵意的眼神看着他們。

利安說：「他們好像聽不明白呢！」

安琦為難地說：「也許我發音不夠準確吧，每每部落的語言，挺難學的。」

萬卡對安琦說：「你再跟他們說一遍，說慢點，讓他們有個思考的時間。」

安琦又說了一遍。那奈奈這回點了一兩下頭，這讓大家有了希望，興許他聽懂了吧。但當安琦說完後，奈奈把手中的木棒一揮，幾十個土著人竟呼啦一下湧了過來，把小嵐一行人抓住，就要抓回部落去。

起初大家都試圖掙扎，但大家發現一點用都沒有，土著人的手簡直像鐵鉗一樣，即使學過功夫的萬卡，也被「拑」得無法動彈。曉星哇哇大叫着，死賴着不肯走，結果五六個土著人一把將他舉起，把他托走了。

事情真糟糕透了。萬卡憂心忡忡地看了看大家，惹怒了這些土著人，又溝通困難，真不知結果會是怎樣呢？他不由得扭頭看看身後被兩個強壯的土著人挾着，幾乎是雙腳離地的小嵐，見她毫無懼色，他才稍為放寬了心。他想，要是小嵐和其他人有危險，自己

就是捨了這條命，也要保護他們。

土著人把他們五個人關進一個擱在露天的木籠子裏。

曉星一路上都哇哇大叫着，被關進籠子後，反而一聲不響，只是坐着發呆。一會，他扯扯萬卡的衣袖，問道：「我看過許多歷險小說，裏面有些土著人很恐怖，還會吃人，那些都是真的嗎？」

萬卡安慰他說：「那都是小說家們胡謅的，不信你問問小嵐。」

小嵐笑着說：「是呀，你別淨往壞處想，說不定你這回會結識到一個土著小美女，郎才女貌，有情人終成美眷……」

曉星撅着嘴說：「小嵐姐姐，你還笑人家！」

安琦突然哭了起來，她說：「真對不起，是我連累了你們……」

「我們是朋友呀，朋友就不會互相埋怨。」小嵐摟着她的肩膀，說，「我們決定跟你來這裏時，就已經有了思想準備要冒風險。現在情況並不是很壞呀！你看，碰到土著人，關進木籠子，挺有趣的經歷呢！

這下子呀，我有很多故事可以寫啦！我看最理想的結局是⋯⋯有個小美女來了，跟曉星交上了朋友，小美女灌醉了看守的土著人，把木籠子打開了，趁黑夜帶我們逃走⋯⋯」

曉星嘟着嘴說：「小嵐姐姐，你又笑我了，你怎麼不說是小美女看中了萬卡哥哥或者利安哥哥呢！」

小嵐笑嘻嘻地說：「他們兩個沒你長得帥呀，小美女怎會不挑你挑他們呢！」

曉星神氣地挺起胸膛，說：「這還用說！」

「哈哈哈！」大家都大笑了起來。

安琦也破涕為笑。她感慨地說：「我這一生最幸運的，就是碰上了你們這班好朋友。臨危不亂，互相扶持⋯⋯」

萬卡說：「小嵐說得對，事情也許並不是那麼壞的，現在我們一定要保持樂觀，不要自亂陣腳！」

小嵐說：「這露天的木籠子還挺好玩的，我們可以在這裏野餐。來，把好吃的東西都拿出來。」

大家都熱烈響應，紛紛去掏背囊。一眨眼工夫，地上就像變戲法似的出現了許多零食，餅乾啦，薯片

啦，果乾啦⋯⋯

「哇，真像學校去野餐呢！」曉星歡天喜地地拿了一包薯片，「嚓嚓」地大嚼起來。

其他人也不客氣，拿了自己喜歡吃的，大吃起來。

曉星突然看到木籠子外有個土著女孩，雙手抓着木柱，目不轉睛地看着他們，一邊看還一邊用鼻子使勁嗅着。她一定是聞到香味了。

大家一見都樂了。哈哈，還真應了小嵐的故事發展呢！

「帥哥曉星，上！」小嵐大聲說。

「遵命！」曉星從地上蹦了起來，跑到土著女孩跟前，抓了一塊薯片遞給她。土著女孩猶豫了一下，接了過去。她用不信任的目光看了看曉星，又把薯片湊近鼻子，使勁嗅了嗅。

曉星拿了一片薯片放進嘴裏咀嚼着，還做出一副吃得津津有味的樣子。土著女孩好像下了決心，迅速把薯片送進嘴裏。她慢慢地咀嚼着，臉上的神情馬上有了變化，驚喜，享受⋯⋯

吃完後，她又眼饞地看着曉星手裏那包薯片。曉

星把薯片遞過去，土著女孩伸手拿了一片，饒有滋味地吃了起來。就這樣，兩個孩子你一片我一片，把薯片吃了個精光。

這時，土著女孩已經和曉星很友好了，她拍拍胸口，說：「蘇蘇！蘇蘇！」

曉星知道她在介紹自己，便也使勁拍拍自己胸口，大聲說：「星星！星星！」

土著女孩用手指指自己，嘴裏說：「蘇蘇！」又用手指指曉星，說：「星星！」然後伸出兩隻食指，互相一碰一碰的。

曉星看了，也抬起手，學着女孩的樣子把兩隻食指互相碰着。蘇蘇顯得很高興，她想了想，從口袋裏掏出一樣東西，放到曉星手裏。曉星低頭一看，竟是一隻木雕的小兔子！小兔子雕得非常精細，四腿撒開，像在奔跑着；耳朵豎起，兩隻眼睛圓滾滾的，還點上了紅色⋯⋯

「是你做的嗎？」曉星驚訝地細看木兔子。

蘇蘇使勁地點着頭，然後，又用手比比劃劃的，做出「送給你」的意思。曉星也不管蘇蘇明不明白，

連聲説着：「謝謝！謝謝！」

　　但是，總得回贈點什麼給人家呀！他想了想，從褲袋裏掏出一個彈彈球送給蘇蘇。那是不久前和妮娃一塊兒在扭蛋機扭的。蘇蘇接過來，高高舉着，透過太陽光饒有趣味地看着彈彈球裏那個小娃娃，開心得只顧咧開嘴笑。

　　這時候，遠處傳來了吆喝聲，好像在叫喚誰。蘇蘇凝神聽了聽，轉身朝曉星揮了揮手，便一蹦一跳地跑了。

　　安琦驚奇地説：「曉星，你好了不起！你的薯片外交成功了，她把食指碰碰，是説你們倆是朋友呢！」

　　小嵐用手摸摸曉星頭頂，誇獎説：「我們曉星果然不辱使命，真了不起！」

　　萬卡和利安也直朝曉星豎大拇指。

　　曉星嘿嘿地笑着，十分得意。

　　萬卡説：「曉星，我以烏莎努爾國王的身分，委任你為外交部禮賓司友誼大使，專責促進和『每每部落』的友好關係！」

　　「真的？！」曉星高興得不得了，「友誼大使？

友誼大使一定是個很大的官吧？小嵐姐姐，我當大官了！你看我是不是很了不起？」

小嵐敲了他腦袋一下，說：「這小子，真是官迷心竅！」

曉星腦袋一縮，不滿地說：「小嵐姐姐，你以後不可以再敲我腦袋啦，我是大使了，大使還讓人敲腦袋，很丟人的。」

曉星的話惹得大家都笑起來。

安琦忽然「噓」了一聲，小聲說：「安靜，聽聽那個叫奈奈的小頭目在說什麼！」

大家望向籠子外面，果然見到奈奈跟幾個看守籠子的人在商量什麼，一邊說還一邊朝籠子這邊指指點點。一會兒，他們就離開了。

小嵐發現安琦臉色發白，知道大事不好，忙問道：「怎麼啦？他們在說什麼？」

安琦惶惑地說：「天哪，他們準備在我們中間選一個人去祭神！」

「啊！」

第十一章
烈火裏的驚人一幕

安琦的話令所有人都大吃一驚。

曉星忙問：「土著人為什麼要我們去祭神？怎麼個祭法？要我們去磕頭拜拜嗎？」

安琦說：「他們說我們褻瀆了神物，會給部落帶來災難，所以必須要在我們中間找一個人做祭品去祭祀天神，這樣才能化解。祭品將被綁在柴堆上，被……」

雖然安琦沒有說下去，但大家都明白了是怎麼回事，不禁大驚失色。

「我們想辦法逃吧！」利安說完，起身抓住木籠子上的木柱猛撼，但碗口粗的柱子紋絲不動。

「沒用的。」安琦搖搖頭說，「尋找所羅門寶藏這事由我而起，你們都是為了幫我才身陷險境的。一人做事一人當，我去當祭品好了。」

「不！」小嵐堅決反對，「不，你還沒有完成父親遺願，你不可以死的！而且，你還要回去照顧你奶奶呢！」

大家都七嘴八舌地說：「是呀，安琦，你要活着回去！」

安琦說：「謝謝大家的好意！看來你們是不會同意我去當祭品的了，這樣吧，我們交給命運去決定好了。我們來抽籤決定吧！」

萬卡說：「這樣吧，就由我和利安抽好了。我們是男子漢，應該保護女孩子。」

「我⋯⋯我⋯⋯」曉星猶豫了一下，鼓起勇氣說，「雖然我很不想去當什麼祭品，但是，我也是男子漢，我也要和你們一塊兒去承擔去面對！我也要和你們一塊兒抽籤！」

利安說：「嘿，你充什麼男子漢，你還是個小孩呢！天大的事由大哥哥來替你擔當就是了。」

安琦說：「別爭了，我們雖然是女孩子，但勇氣不會遜於男孩子。大家都抽，就這樣定了！」

小嵐說：「對，我贊成！」

安琦不由分説，她從背囊裏拿出一張白紙，裁成五小張，又在其中一張上畫了什麼，然後把小紙塊摺成小團。她把小紙團抓在手心裏，説：「這五個小紙團裏面有四張是空白的，有一張打了個交叉。誰拿到打交叉的紙團，誰就當祭品。來，你們先抽吧！」

　　萬卡和利安都不贊成安琦的做法，但安琦把手伸到他們面前，眼神堅定地看着他們，一副絕不妥協的樣子，兩人也只好各自拈起一個紙團。

　　曉星先打開，是張白紙；利安和萬卡也打開，同樣是白紙；接着小嵐打開，啊，也是白紙。大家的眼光「嗖」地落到安琦身上。安琦舉起手中紙團，説：「那不用看了，這肯定是打了交叉的那張。看來，是上天注定讓我來承擔這個責任。」説完，她把紙團塞進了口袋裏。

　　小嵐一直睜大眼睛骨碌碌地看着安琦，這時候，她趁安琦不注意，迅速從她口袋裏掏出了那個紙團。機靈的她發現了問題。

　　「哎，你幹嗎呀！」安琦急了，要去奪回紙團。

　　小嵐把紙團收在背後，説：「我懷疑安琦『出

貓』，快把她拉住！」

利安趕緊扯住安琦，小嵐趁這機會，打開安琦那個紙團。

大家都呆住了，白紙一張，那上面什麼也沒有。

萬卡說：「怪不得你那麼堅決主張抽籤！」

安琦哭了。

「你們就讓我代替大家去死吧！這樣我心裏會好受些的。」

小嵐上前摟住安琦，她把在場的人環視了一遍，說：「我們誰也不會死！誰也不許去死！我們五個人一條命，來，我們手拉手，團結在一起，生死在一起，相信我們一定會化險為夷！」

「對，我們誰也不會死！」萬卡走過來，拉住了小嵐的手，接着利安、曉星也過來，五個人手拉手，站在木籠子中間，就像五個勇敢的鬥士。

有人來了，那是奈奈，他身後跟着五六個男人。籠子裏的人都警惕地看着他們。

木門打開了，奈奈黑煞神一般站在門口。萬卡和利安趕緊站到最前面，用身體護着其他人。

奈奈盯着他們看了看，然後伸出雙手，一下就把萬卡和利安扯了個人仰馬翻，他銅鈴一般的眼睛掃了掃，隨即落在小嵐身上。萬卡見情況不妙，要過來阻止，幾個粗壯的土著人卻把他攔住了。奈奈一伸手，老鷹抓小雞一般把小嵐拉到面前，又輕輕一舉，把她扛到肩上，隨後走出了籠子。

「小嵐！」

「小嵐姐姐！」

大家驚惶失措地要去救小嵐，但全被土著人粗暴地推倒在地上，等他們爬起來時，木籠子已被牢牢關上了。

「你放手！喂，大塊頭，你放手！」小嵐一邊叫一邊捶着奈奈的背。但沒用，她小小的拳頭落在奈奈的背上，就像替他搔癢一樣，奈奈一點也不理會。

「小嵐！」在朋友們焦急的呼喊中，小嵐去遠了。

其他四個人面面相覷，臉色慘白。

曉星喊着：「小嵐姐姐會死嗎？我不要小嵐姐姐死！」

「不會的，她不會死的！我們一定要救她，一定

要救她！我們想辦法，快想辦法！」萬卡在籠子裏繞着圈子，就像一頭困獸。

曉星突然想起什麼：「蘇蘇！找蘇蘇救小嵐姐姐！」

於是，他大聲叫喊起來：「蘇蘇，蘇蘇，你在哪裏？」

他焦急的聲音傳得很遠很遠，但是，沒有回應。安琦也跟着喊起來：「蘇蘇！蘇蘇……」

喊呀喊呀，嗓子喊啞了，但卻沒見蘇蘇出現。

利安撿起一塊石頭，他使勁用石頭去砸木柱，但是，沒有用！那些木柱堅硬極了，一石頭砸下去，僅僅出現一個淺淺的印子而已。

萬卡雙手抓着木柱，呆呆地望着小嵐消失的地方，那眼神十分悲哀。

天漸漸黑了，一羣土著人扛來了一綑綑木柴，扔在離木籠子不遠的小廣場中間，堆成了一個小山。

籠子裏的四個人抓着木柱，看着，心緊張得都要打結了——天哪，他們馬上就要在那裏點火祭天神了……

又是一陣陣「嘿嘿嘿嘿」的喊聲，無數火把由遠而近，來了一支百多人的隊伍，領頭的十幾個強壯男人，抬着一架抬竿樣的東西，那抬竿的座椅上，坐着一個人……

走近了，大家失聲喊了起來：「小嵐！是小嵐！」

真是小嵐！她一動不動地坐在椅子裏。在熊熊火光下，她就像一尊聖潔的女神塑像。

「小嵐！」

「小嵐姐姐！」

大家狂叫着。

小嵐聽到了，她轉過臉來，臉上露出平靜的微笑。

土著人把小嵐連椅子攔在柴堆上。

「不要！小嵐，我不要你死！」萬卡猛力撼着木柱，絕望地喊着。

曉星和安琦痛哭起來；利安沒哼聲，只是更加使勁地去砸木柱，石頭把他的手掌割破了，流出血來……

火光把小廣場照得如同白晝，可以見到一個樣貌

威嚴的土著人從人羣中走了出來，他的打扮跟其他人差不多，只是頭冠上插了幾根羽毛。他走到柴堆前面，雙手伸向天空，嘴裏喊着：「歷歷！歷歷！歷歷！」

安琦說：「這是每每部落的頭人，他在向天神介紹自己，說他叫歷歷。」

頭人歷歷眼望天空，開始咕嚕咕嚕地唸叨起來。

安琦不安地說：「他在唸祭文，唸完祭文，就……」

她不敢說下去，但大家都明白是什麼，他們快急瘋了。

這時候，歷歷停住了唸叨，他把手一揮，一個手持火把的人走向柴堆，火把一接觸乾柴，馬上熊熊燃燒起來……

小嵐的聲音隨風飄來：「再見了，朋友們！我愛你們！！」

「不！」隨着萬卡一聲怒吼，「咔嚓」一聲，那根碗口粗的木柱竟被他撼斷了，他從缺口往外一掙，箭一般衝了出去。他一邊跑一邊大聲叫喊：「不……

不⋯⋯」

那聲音驚天動地，在黑夜裏迴響着，那些土著人都嚇呆了，竟都愣愣地站在那裏，眼睜睜看着萬卡跑近火堆。

萬卡一個騰躍，跳上了柴堆。

「萬卡！」小嵐驚喜萬分。

萬卡把小嵐攔腰一抱，就要跳出柴堆。沒想到小嵐「哎喲」喊了一聲，一看，原來她被一條結實的青藤綁在椅背上。

萬卡緊張地解着青藤，但那結打得實在太緊了，一時解不開。

火在接近，那熱力灼得兩人皮膚生痛，小嵐着急地對萬卡説：「你走吧，別管我了！」

萬卡滿頭是汗，他大聲説：「不，我絕不能讓你死！」

這時候，曉星等人也跑到了火堆前面，利安一個箭步，也想衝進火堆幫忙，但被奈奈和幾個土著人抓住了。

火越燒越近，離小嵐和萬卡他們只有幾尺之遙⋯⋯

小嵐幾乎是哀求了：「萬卡，快走，快走！！」

萬卡咬着牙，仍在設法解開青藤……

火，已燒着了萬卡的衣服……

在場的人都呆了，眼睜睜地看着眼前這驚人的一幕……

正在千鈞一髮之時，有人大喊一聲，然後把什麼東西飛向萬卡。萬卡一把接住，一看，竟是一把土著人用的帶鞘的刀。他不容多想，一把扯掉刀鞘，用刀幾下割斷小嵐身上的青藤，然後抱起她，帶着一團火騰空飛出柴堆。

當那團火光落地之後，曉星、利安和安琦急忙跑了過去，大家七手八腳，很快把萬卡身上的火撲滅了。

這時候，在場的土著人好像才清醒過來，一擁而上，把他們團團圍住。

奇怪的是包圍圈裏竟然有六個人！小嵐、萬卡、利安、曉星、安琦，還有一個是誰？

第十二章
萬卡醫生

曉星最先喊了起來：「蘇蘇?!」

沒錯，那第六個人正是土著小女孩蘇蘇！此刻，她張開雙手，把五個「入侵者」護在身後。

歷歷朝着蘇蘇怒吼起來，他指手劃腳的，像是叫蘇蘇馬上走開。但蘇蘇一動不動，臉上毫無懼色。

歷歷顯然發怒了，他揮了揮手，那班土著人一見，就要衝過來。

「@＃％^＆！」蘇蘇喊了一句什麼，手拿一把刀子，就要往脖子上抹。

這一招看來很有效，歷歷嚇壞了，趕緊制止了土著人。

蘇蘇又對歷歷說了幾句話，歷歷暴跳如雷，但卻不敢再叫土著人進攻了。

顯然蘇蘇在以死相逼，不許土著人走近。

一直在細心聽他們說話的安琦，這時小聲說：「原來蘇蘇是歷歷的女兒！她跟父親說，要是他們再前進一步，她就自殺。」

　　怪不得歷歷有所顧忌！

　　萬卡恍然大悟地說：「剛才那把救命的刀子，一定是她扔過來的，我正奇怪怎麼土著人裏竟有人會幫我們呢！」

　　曉星感動極了，他對蘇蘇說：「謝謝你，謝謝你！」

　　蘇蘇不知道他說什麼，只是咧嘴朝他笑。安琦馬上用生硬的每每話翻譯給蘇蘇聽，蘇蘇聽了對曉星說：「不用謝！我聽到你喊我的聲音了，當時我正在給媽媽採草藥，知道你們需要幫助，我就馬上趕來了。」

　　歷歷抓耳搔腮的，一副為難的樣子，正在僵持，遠處有人喊叫着跑來。

　　那是個土著女人，她跑到歷歷面前，一邊哭一邊說着什麼。她說話速度很快，只聽到發出「咕嚕咕嚕」的聲音。但看樣子好像是出了大事，只見歷歷神

色大變，而蘇蘇一直緊握着的刀子竟「哐噹」一聲掉到地上。

歷歷跟奈奈吩咐了幾句，便帶着蘇蘇急匆匆走了。蘇蘇臨離開時，還轉過頭，指指曉星他們，對奈奈説了些什麼，奈奈點點頭，她才走了。

奈奈把小嵐五個人關進了一間草房子，又派了幾十個人把房子圍着。確保他們插翅難飛之後，他也急忙走了。

曉星有點不安地説：「我看蘇蘇很着急的樣子，不知她出了什麼事？安琦姐姐，你知道嗎？」

安琦抱歉地説：「我對每每語本來就懂得不多，加上那女人説話太快了，我聽不明白她説什麼，大概是蘇蘇家出了什麼事。」

曉星心裏有點忐忑，説：「希望沒事吧！」

草房子比木籠子好多了，起碼沒有太陽直曬下來，地上還鋪了一層乾草，可以在上面舒舒服服地躺下。

探險隊員們圍坐在一起，雖然危險並未過去，但經歷了剛才那場劫難，大家都有信心迎接更大的

挑戰。

曉星說：「萬卡哥哥，你剛才好英勇啊！那麼粗的木柱，你怎麼可以一下就撼斷了呢？」

萬卡想了想，有點困惑地說：「我也不明白，自己為什麼有這麼大的勁。」

「那是你救小嵐心切，情急中逼出來的驚人力量。反正，老弟，你是好樣的！」利安用力一拍萬卡的臂膀，卻聽得萬卡「哎喲」地喊了一聲。

「怎麼啦？」小嵐關切地問。

萬卡沒作聲，只是用手捂住肩膀，臉上露出痛苦的表情。

利安一下把萬卡的衣袖捋起，大家不禁「啊」了一聲：萬卡手臂上有巴掌般大的地方被燒傷了，可以見到血漿樣的液體從創面滲出……

「萬卡，你怎麼不早說！」小嵐心痛地捧着萬卡的手，眼淚都快流出來了。

「小事一樁！你們別擔心。」萬卡邊說邊從背囊裏拿出紗布藥膏，「包紮一下就沒事了。」

「我來！」小嵐把東西接過來。

她一邊用酒精消毒，一邊用嘴輕輕地吹着萬卡的傷處，還不時用受驚的眼睛看看萬卡，問：「痛嗎？」

「不痛！」萬卡大聲説。其實，酒精接觸傷口時，那可是鑽心的痛，但小嵐的關懷，已足以把痛楚抵消了。

平日大大咧咧的小嵐此刻像繡花一樣細心，從來沒學過包紮的她，竟然替萬卡把傷口包得不鬆不緊、妥妥貼貼。包好後，萬卡把手臂活動了幾下，高興地説：「包得真好，不鬆不緊的。謝謝你，小嵐。」

「我還沒謝你呢！剛才要不是你，我早就變燒豬了。萬卡，你是我的救命恩人呢！」小嵐説。

曉星説：「小嵐姐姐，萬卡哥哥做了你三次救命恩人了！」

「我又不是老人癡呆，還用你提醒！」小嵐白了曉星一眼。

曉星説：「那你還不趕快和萬卡哥哥⋯⋯」

利安大聲地「哎喲」了一聲，打斷了曉星的話。

小嵐吃驚地問：「利安，你也受傷了？」

利安沒作聲，只是伸出右手，把手掌往小嵐面前一攤。

「啊！」小嵐喊了起來，「你的手……」

大家一看，利安的掌心和幾個指頭都蹭破了皮，往外滲着血。安琦說：「啊，一定是剛才着急小嵐安危時，你拚命用石頭砸木柱弄傷的！我給你包紮一下！」

利安沒吭聲，只是固執地用眼睛盯着小嵐。安琦見狀抿嘴笑了笑，說：「噢，小嵐剛給萬卡先生包紮過，有經驗，還是小嵐給你包吧！」

小嵐瞪了利安一眼，心想：「這傢伙吃醋了。」但她還是接過安琦遞過來的消毒用品，開始給利安的傷口消毒。有幾處傷口還挺深的呢，可以想像剛才他是怎樣地狠勁去砸木柱。

小嵐不由得感動起來，她其實也深深感受到了利安對自己的那份關懷。

小嵐正準備替利安包上紗布，但發現紗布用光了。萬卡見了拍拍腦袋，說：「糟了，早知道帶多點！」

他又指指手上剛纏上的紗布：「把這個拆下，給利安包上吧！」

「不，你燒傷的地方不能受感染的，拆我手上的吧，那幾道小傷口應該沒事了。」小嵐説着，不顧眾人阻撓，把左手上的紗布拆了下來。

小嵐細心地剪去開頭和末尾兩截紗布，留下中間一段乾淨的：「來，利安，我給你包上！」

小嵐用同樣的細心，替利安包紮着傷口，利安瞧着小嵐的每一個動作，抿着嘴笑得十分開心。

安琦見曉星眼睛骨碌碌地瞧瞧利安，又瞧瞧小嵐，瞧瞧萬卡，知道他又在想鬼主意，便把他拉到一邊，小聲説：「小朋友，你別再枉作紅娘了，讓小嵐自己去作決定吧！」

曉星機靈地眨眨眼睛：「是，安琦姐姐！」

「星、星、星……」突然聽見有人用怪怪的聲音叫喚，曉星一看，在草房子的窗口，露出了蘇蘇的臉。

「蘇蘇！」曉星高興地跑了過去，「蘇蘇，你家不是出了什麼事吧？」

安琦趕快把曉星的話翻譯給蘇蘇聽。

蘇蘇低着頭，眼睛一眨一眨的，好像在強忍着淚水，這下弄得曉星更着急了：「蘇蘇，你快說呀！」

蘇蘇哽咽地說：「我媽媽病了幾天了，剛才還昏過去了，嚇得嬸嬸趕快來找我們回去。現在媽媽雖然醒了，但啦啦說，媽媽病得很重，他也治不了，媽媽可能只有幾天命了。嗚，我不想媽媽死……」

安琦急忙把她的話翻譯出來，還特別說明，「啦啦」是每每部落專給人治病的老者。

怪不得蘇蘇和她爸爸剛才這麼緊張。大家看着蘇蘇，十分同情。

曉星皺着眉頭，說：「唉，上哪兒去找個醫生，替蘇蘇媽媽治病呢？」

「我就是醫生呀！」萬卡對安琦說，「你跟蘇蘇說，我會給人治病，我可以去看看她媽媽。」

大家馬上興奮起來，是呀，怎麼就沒想到呢！身邊就有個醫生，萬卡有醫科文憑呀！

安琦立刻跟蘇蘇說了萬卡的意思。

「啊！」蘇蘇驚喜地叫了起來。她朝萬卡深深鞠

了個躬，嘴裏咕嚕咕嚕了一會，然後扭身飛快地跑了。

安琦說：「她說回去告訴父親。」

曉星樂滋滋地說：「萬卡哥哥，你真是我們的救命恩人！救了蘇蘇媽媽的命，歷歷一定會感謝你，他肯定會放了我們的。」

萬卡笑着說：「希望吧！」

不一會兒，蘇蘇帶着歷歷來了。那個五大三粗的漢子皺着眉頭，把萬卡上上下下打量了好一會兒，好像在判斷眼前這個乳臭未乾的少年是否真有能耐治病救人。要知道，他們這裏的「啦啦」，可全都是白髮蒼蒼的老人家。

「＆＾％＃！」歷歷對萬卡大聲說了一句話。

「他說，要是你欺騙他，他饒不了你。」安琦擔心地說，「你還是慎重考慮一下，萬一他妻子得的是絕症……」

萬卡說：「我一定要去！因為也不排除病人只是一般病症，吃藥打針就能好，我不去，豈不是見死不救？再說，如果救了頭人妻子，那我們就有可能獲得

釋放。」

安琦聽了，就跟歷歷説了幾句話。歷歷聽完，跟看守的奈奈説了幾句什麼，奈奈打開門，一手把萬卡拉了出去。小嵐等人剛要跟出去，奈奈卻把門關上了。

萬卡回過頭來，對朋友們説：「放心好了，我會把蘇蘇媽媽治好的，我會回來的！」

小嵐大聲説：「萬卡，小心！」

「嗯！」萬卡點點頭，給小嵐一個自信的微笑。

安琦説：「萬卡先生不懂他們的話，我得跟着去。」

她衝着歷歷大聲説了幾句什麼，歷歷先是皺着眉頭，不知他是聽不懂還是不想讓安琦跟着去。想了一會，歷歷才朝奈奈點點頭。奈奈打開門，又一手把安琦抓出去了。

萬卡和安琦在一班土著人的簇擁下，越走越遠。

焦急的等待。一個小時過去了，兩個小時過去了，萬卡和安琦還沒回來，大家沉不住氣了，曉星雙手合十，不停向天拜拜，嘴裏唸叨着：「老天爺爺，

您一定要保佑萬卡哥哥！老天保佑，老天保佑……」

小嵐一直待在窗子前，眼睛緊盯着屋前那條小路，只要萬卡一露頭，她準能第一個看見。聽了曉星的話，她大聲説：「曉星，你放心吧，萬卡一定會回來的！」

話雖如此，但誰都知道她心裏焦急，因為她把不安和憂慮全寫在臉上了。

三個小時過去了。終於……

「噢，你們看，來人了！」小嵐大叫起來。

路上走來了幾個人，但裏面並沒有萬卡和安琦。

那幾個土著人走到草房子前，其中一個人説了幾句話，把手裏一些什麼東西從窗口往裏一扔，就走了。

大家一看，是幾串香蕉。

自從昨天早上被俘，土著人一直都沒有給過什麼他們吃，他們一直靠背囊裏的食物充飢。現在土著人竟然請他們吃水果！這説明……

曉星腦子就是轉得快，他大聲説：「我知道了，一定是萬卡哥哥把蘇蘇媽媽治好了，歷歷很感激，所

以給我們送食物。」

小嵐高興地說：「對，一定是！」

利安嘀咕說：「萬卡這傢伙真了不起！」

這裏長的香蕉個頭還挺大的，顏色金黃金黃的，發出一陣撲鼻的清香。不過此時，就連最嘴饞的曉星都沒去碰它們，大家都想等萬卡和安琦回來再品嘗。

又過了半小時，對面小路上又出現了幾個人，啊，這回真是幾個土著人帶着萬卡和安琦回來了！大家高興得大叫：「嗨，萬卡，安琦！」

「嗨！我們回來啦！」萬卡和安琦也都喊了起來。

奈奈把門打開，這次他好像沒以前那麼粗魯了，並沒有對萬卡和安琦推推搡搡的，只是讓他們自己走進去。

只是不見了幾小時，但彼此都好像久別重逢一樣，五個人摟作一堆，跳呀叫呀，十分激動。

好不容易才安靜下來，小嵐問：「蘇蘇媽媽怎樣了？」

萬卡說：「她得了肺炎，發高燒，也挺危險的。幸虧我有退燒和消炎的針藥，就馬上給她打了一針。

一會兒，體溫就開始降下來了。歷歷一直不許我們走，怕我害了他妻子，一直等到他妻子燒全退了，還坐起來嚷着要吃東西，他才放我們回來。」

「太好了！」曉星高興得喊起來，「這回，歷歷一定會把我們當成大恩人，我們很快就可以恢復自由了。」

小嵐說：「我也覺得這歷歷是個知恩圖報的人。」

大家肚子也餓了，於是你一隻我一隻地把香蕉搶到手，大口大口地吃了個痛快。吃飽後，大家又倒在草堆上，呼呼大睡起來。

他們都認為，危機已經過去，可以高枕無憂了。

第十三章

化險為夷

一陣吵吵嚷嚷的聲音，把曉星弄醒了，他一骨碌爬了起來，跑到窗口，他發現聲音來自昨晚那個廣場。

他一看便嚇壞了！

「快起來，你們快起來！」曉星把睡夢中的人逐個搖醒，「大事不好了！」

「什麼事？」利安揉着眼睛，問道。

曉星指着廣場：「你們看！」

大家定睛看過去。眼前的景象彷彿昨晚的翻版，只見一班土著人扛來大綑乾柴，在廣場中間堆成了一座小山。

大家駭然，難道歷歷恩將仇報？！

萬卡說：「大家不用猜測了，頭人歷歷來了。」

果然，門一開，門外站着歷歷和奈奈，還有十幾

個高大的土著人。大家還注意到蘇蘇站在奈奈身邊，但她一隻手被奈奈緊緊抓住，那情景好像被控制住一樣，而她臉上，滿是無奈和傷心。

大事不妙！

五個人的目光都落到歷歷臉上，不知他將會說出什麼可怕的話。

歷歷盯着萬卡，咕嚕咕嚕地說了起來。安琦神色大變，她看看眾人，說：「歷歷說，他很感謝萬卡救了他妻子，但是，天意不可違，我們冒犯了天神，他認為如果不拿我們作祭品，天神便會降罪所有土著人。所以，他一定要從我們當中挑一個做祭品，然後才能放了其他人。」

眾人大驚。

小嵐這時再也忍無可忍，她用手指着歷歷，也不管對方聽不聽得懂，扯開嗓子就喊道：「現在什麼年代了，你們竟然還這樣愚昧無知！什麼神山，什麼天神，什麼活人祭祀，簡直不可理喻！不可理喻！」

大家都為小嵐捏了一把汗，擔心歷歷一怒之下，又叫奈奈把小嵐扛走。但萬萬沒有想到，情況突然發

生了戲劇性的轉變。

歷歷臉上突然露出惶恐的神色，他「嘿嘿嘿嘿」地喊了幾聲，就雙膝一屈跪了下來，俯伏在小嵐跟前。

他身後的土著人見了，也都齊「嚓嚓」趴下，俯伏地上。

「究竟出了什麼事？」

大家你看我，我看你，十分愕然。安琦説：「據我了解，土著人只有在祭天神時，才會行這樣的大禮。」

曉星搔搔頭，困惑地説：「該不是他們把小嵐姐姐當作天神了吧？」

利安説：「不會，要是這樣的話，就不會有昨天那場劫難了！」

安琦説：「是呀，小嵐跟昨天並沒有兩樣，人還是昨天的人，打扮也還是昨天的打扮……」

「不，有不一樣的地方！」萬卡指着小嵐戴着的那隻「藍月亮」戒指，「昨天這戒指是被紗布包得嚴嚴的，土著人沒見到，莫非……」

足足幾分鐘了，那班土著人仍一動不動地伏在地

上。看樣子，好像在等着什麼命令他們才會起來。萬卡叫安琦説：「你試試看，説天神讓他們起來。」

安琦喊了幾句，隨即起了一陣騷動，土著人真的聽話地站了起來，但他們仍彎腰曲背的，一副誠惶誠恐的樣子。

「曉星，讓蘇蘇進來！」萬卡説。

曉星跑到門外，把蘇蘇拉進來了。

大家友好地讓蘇蘇坐下。蘇蘇起初不敢，曉星硬按着她坐下了。

萬卡讓安琦從蘇蘇那裏了解情況。安琦便柔聲地和蘇蘇攀談起來。安琦臉上的表情不斷變化着，最後她的目光落到了小嵐手上那隻戒指上。

　　萬卡和小嵐交換了一下眼神，看來他們的猜測是對的——土著人害怕的是那隻戒指！

　　這時，安琦興奮地對大家説：「事情有轉機了，土著人把小嵐當成了天神，因為在他們的傳説中，當

年從天而降的神，就佩戴着一隻藍月亮寶石戒指……」

小嵐睜大眼睛：「好奇怪，我一直認為他們的傳說故事是編造出來的，但為什麼竟然有這樣的巧合！」

曉星高興得在地上拜起來：「謝天謝地，不管真故事假故事，能幫我們忙的就是好故事。現在不是我們怕土著人，而是土著人怕我們了！」

萬卡說：「太好了，我們就利用土著人害怕天神的這種心態，讓他們反過來幫助我們。我們先休息一晚，明天一早就請土著人帶我們去月亮洞。」

安琦按萬卡吩咐，對歷歷說：「你們得罪了天神，天神本來要懲罰你們，但看在善良可愛的蘇蘇份上，決定饒恕你們。天神明天要巡視神山，請你們派人帶路。」

一眾土著人又馬上俯伏地上，嘴裏咕嚕咕嚕的，大概是在感謝天神的大恩大德吧。

歷歷站起來，跟奈奈嘀咕了幾句，奈奈馬上大聲喊了什麼，接着見到小路上跑來一隊人，他們扛着五架抬竿，一直來到草房子前面。

安琦說：「土著人請我們坐上抬竿，要送我們到

部落歇息呢！」

曉星十分興奮：「好啊，我還沒有到過土著人部落呢，這次可以大開眼界了！」他說着吱溜一下鑽出門口，坐上了一架抬竿。

其他人也不客氣地坐好了。

由囚犯變為貴賓，心情果然大不一樣，大家舒舒服服地坐在抬竿上，東張西望，飽覽風光，還不忘大呼小叫地呼朋喚友，得意之情盡寫臉上。

他們被安置在兩間用木搭成的房子裏，三個男孩住一間，兩個女孩住另一間。房間裏面的家具全是木造的，一個直徑一米多的大圓樹椿放在房子中間做桌子，四個小臉盆般大的小圓樹椿做木凳。四邊牆上掛了好些木雕，有走獸，有人頭像，除了木雕外，還懸掛了一串串綠色植物，十分雅致。兩個女孩子都嘖嘖稱讚着，想不到土著部落裏還有這麼美麗的地方。

一個怯生生的聲音響起，咕里咕嚕地講着什麼，小嵐和安琦回頭一看，原來是蘇蘇呢！

安琦跟小嵐說，蘇蘇告訴她們，這房子是她們家新蓋的，剛要搬進去，現在暫時給貴客住了。她還說，室

內那些布置都是她和媽媽弄的，問客人滿不滿意。

小嵐高興地朝蘇蘇豎起大拇指，蘇蘇明白那個動作的意思，瞇着眼睛開心地笑着。

曉星跑了過來，嚷嚷道：「姐姐姐姐，快來參觀參觀我們的房間！」

見到蘇蘇也在，曉星開心地說：「蘇蘇，你們的家好有趣，我喜歡！」

蘇蘇笑着朝曉星招了招手，又一手拉着小嵐，一手拉着安琦，從房子的後門走了出去，啊，原來後院種了很多花呢！紅的白的黃的，雖然只是些野花，但在綠葉襯托下顯得錯落有致，令人賞心悦目。蘇蘇悄悄地瞧着幾個客人的神情，見到他們驚喜的樣子，驕傲地笑了。

小嵐大聲喊起來：「蘇蘇，這一定也是你的傑作吧？你真有藝術家的細胞呢！」

曉星想起他在飛機上拿下來的一本畫冊，上面盡是各國的漂亮建築，還有豪華郵輪、新式飛機等等，他想蘇蘇一定喜歡看，就急忙跑到隔壁房間，把畫冊拿來了。

「蘇蘇快來，給你看好東西！」曉星把畫冊攤在木桌子上，招呼蘇蘇來看。

「啊！」蘇蘇驚叫了一聲。她不眨眼地盯着上面花花綠綠的畫面，激動極了。

安琦驚奇地看了蘇蘇一眼，這女孩子真聰明，跟他們接觸幾次，已經學會用「啊」來表示驚訝了。

兩個孩子頭挨頭地翻看着畫冊，曉星指指點點的給蘇蘇介紹着，飛機、郵輪、酒店……

這時候，兩個土著人哼喲哼喲抬來了一隻慘叫着的大野豬，說是頭人送給客人享用的。之後又在前院燃起篝火，準備把豬殺了，給客人烤野豬肉。

大野豬被綑住手腳，倒掛在一根木棒上，牠也許知道了自己即將到來的悲慘下場，不斷地「嗷嗷」叫着，那樣子很是淒涼。

小嵐不禁想起自己昨晚差點變燒豬的可怕情景，心有不忍，便跟安琦說：「告訴土著人，把野豬放了吧！」

安琦明白小嵐的想法，便跟土著人說了幾句，讓他們把野豬抬走了。

萬卡和利安從飛機上取來了一些食品，加上土著人送來的水果和飲品，湊成了一頓豐富的晚餐，大家便圍着篝火，一邊吃一邊聊天。他們當然也邀了蘇蘇，那些土著人遠遠看着，都很奇怪，天神因何跟蘇蘇這麼友好。

　　蘇蘇已經被那本畫冊迷住了，許多從沒嘗過的美味食物她都只嘗了幾樣，就又埋頭看畫冊了。

　　小嵐跟萬卡嘀咕道：「蘇蘇這女孩很聰明，如果有機會讓她到文明社會，將來一定很有出息。」

　　萬卡説：「我也這樣認為。我們辦完事後，就把她帶回烏莎努爾，讓她到學校唸書……」

　　小嵐高興得拍起手來：「太好了，萬卡，你這主意太棒了！」

　　曉星插嘴説：「小嵐姐姐，萬卡哥哥，你們嘀嘀咕咕説什麼呀？」

　　小嵐説：「我們在商量，把蘇蘇帶回烏莎努爾，讓她上學讀書……」

　　「哇，簡直太妙了！蘇蘇一定願意！」曉星大聲叫起來，「蘇蘇，你願意跟我們走嗎？」

蘇蘇聽完安琦的翻譯後，神情非常興奮，她説：「太好了！我想學會蓋高得鑽入雲層的房子，我想坐可以在天上飛的『大鳥』，還有能在海上跑的船⋯⋯不過，不過我父親不會讓我走的，平時我想跟朋友去對面那座山玩玩，他都不許呢！」

　　蘇蘇顯得很無奈。

　　小嵐説：「別怕，有我呢！我跟你父親説。我是『天神』，天神説的話他不會不聽的。」

　　蘇蘇想想又有點猶豫：「可是，要是我想見媽媽了，那怎麼辦呢？」

　　萬卡説：「別擔心，你想媽媽的時候，我會派飛機送你回來。你在飛機上睡一覺，睜開眼睛時就可以看見媽媽了！」

　　蘇蘇眉開眼笑：「那我跟你們走。我要學很多本領，將來回到這裏，給每每族人造『大鳥』，造宮殿，造大船！」

　　安琦為他們翻譯着，大家説説笑笑的，十分開心。小嵐突然發現利安半天沒哼聲，一看，他呆呆地盯着篝火，有點精神不振的樣子。

「利安，你怎麼啦？不舒服？」

利安勉強笑了笑：「有點累。」

小嵐伸手摸摸利安的額頭，她馬上喊了起來：「噢，很燙呢！」

原來，首相家的大少爺身體本來就弱，經過這幾天長途勞頓，加上擔驚受怕，他終於撐不住，病倒了。

萬卡趕緊扶利安回了木房子，讓他在木牀上躺好，又給他仔細檢查了一下，然後對大家說：「不要緊的，只是一般感冒而已，吃了藥，睡一覺就會沒事的。」

小嵐拿來水，服侍利安吃藥，又對利安說：「好好休息，很快會好的。」

利安看着小嵐，點點頭，然後乖乖地閉上了眼睛。

萬卡對蘇蘇說：「你帶我們去找你父親，商量明天去月亮洞的事。」

第十四章

藍月亮戒指

一抹早晨的陽光剛好落到小嵐臉上,明晃晃的,把她弄醒了。她把頭挪挪地方,避開那抹陽光,又閉着眼睛想繼續睡。自從進入沙漠之後,就不斷墮入各種險境,難得可以安安穩穩在牀上睡個好覺,小嵐可不想放過。

但是,她再也睡不着了。可能,即將到來的月亮洞之行令她興奮,如果安伯伯的估計沒錯的話,那人們為之努力了幾千年的尋寶歷程,要在他們手中劃上完美句號了,千年之謎將在他們面前揭開。還有,或許她還可以找到自己身世的蛛絲馬跡呢!

有關在安子洛筆記本裏發現的怪字,和父母留給她的戒指上的字一樣的事,她一直沒有跟朋友們説。因為她自己也不敢肯定什麼,也許這只是巧合而已,兩者之間根本沒有任何關係,所以她決定先保持沉默。

安琦也醒了。她和小嵐一樣，心情也很興奮，她快要沿着父親當年走過的路，去揭開一個幾千年之謎了。

小嵐洗了把臉，她擔心利安的病，便拉上安琦走去隔壁看看。

萬卡和曉星已經起來了，萬卡正在收拾背囊，檢查要帶的東西，曉星就在起勁地把鞋子裏的沙粒倒出來。見到小嵐她們進來，曉星把手指擱在嘴唇邊，輕輕「噓」了一聲，又小聲説：「利安哥哥還沒醒呢。」

萬卡放下背囊，走過來，小聲説：「他還有點發燒。我看，我們就別叫醒他了，他現在這樣子，也沒力氣登山。」

小嵐説：「我們這樣把他擱下，他一定很不開心。這樣吧，我們吩咐土著人，要是利安醒了，想趕上我們的話，就找人用抬竿把他抬着，上山找我們吧！」

萬卡點點頭：「也好。」

土著人挺守信用的，小嵐幾個人剛吃完早餐，歷歷就來了，還帶來了一個由奈奈帶領的六人護衛隊，負責護送探險隊員們上山。

「星！星！」隨着叫喚，蘇蘇蹦跳着來了，大家

發現，她身後跟着一位土著女人。

「你身體沒什麼事了吧？」萬卡上下打量着女人，關心地問道。

原來是蘇蘇的媽媽呢！

蘇蘇媽媽雖然和所有土著人一樣都是皮膚黑黑的，但五官生得很標致，小探險隊的隊員們都驚訝地朝她看。此刻，她朝萬卡深深鞠了一躬，嘴裏説着什麼，應該是感激的話吧。

萬卡開心地説：「不用謝！不過你的病剛好，還得好好休息。」

蘇蘇媽媽聽了安琦的翻譯後，感激得一再深深鞠躬。

蘇蘇要跟他們一起上山，歷歷開始時還想阻止，但見到「天神」都為她説情，也只好答允了。

萬卡跟歷歷説了利安的事，歷歷滿口應承，於是，一行人開始上山了。

天氣仍然酷熱，腳踩在石頭上，就像鐵板燒一般滾燙，大家都揮汗如雨，探險隊員們得一路喝很多水補充水分。幸好飲用水很充足，護衞隊每人都背着個

大水袋呢！

還好利安沒來，要不他準得病上加病！大家走走歇歇，一個小時才走了兩公里。好在又往上走了一段路，就開始變涼快了。蘇蘇介紹說，這金剛山越往上走，氣溫就越低，到了山頂，冷得打個噴嚏都會落下許多小冰粒呢！

幸好月亮洞在山半腰處，大家可不想差點熱死之後又來個差點冷死呢！

走着走着，氣溫越來越低了，一個土著人打開背上的包裹，從裏面拿出幾件獸皮衣，遞給探險隊員們每人一件。

穿上獸皮衣的模樣雖然怪誕了點，但還滿管用的，真的不冷了呢！

小嵐摟着安琦的肩膀，兩個人瞧瞧曉星，又瞧瞧萬卡，小聲嘀咕着什麼，一會又捂着嘴笑。

曉星說：「小嵐姐姐，你笑什麼呀？」

小嵐嘻嘻地說：「我們笑你再拿根金箍棒，就十足一個孫悟空呢！」

安琦也指着萬卡說：「你呢，就像武松，剛打死

了一隻老虎，把皮剝了，披在身上。」

萬卡研究過中國文化，明白她們說什麼，看看自己一身裝扮，也有點忍俊不禁。

曉星可不示弱，他看看小嵐，又看看安琦，起哄說：「噢，哪裏來了兩個原始社會的女猩猩！」

小嵐給了他一拳，說：「你才是猩猩呢！周曉猩猩！」

看着曉星一臉懊惱的樣子，大家都笑得前仰後合。

蘇蘇不知他們在笑什麼，只是捂着嘴，在一邊嘻嘻地跟着樂。

這時，前面出現了一隊土著人，看樣子好像是巡邏隊。發現探險隊後，那班人一字兒排開，劍拔弩張的，用警惕的眼神望着來人。

蘇蘇走到前面，朝對方喊了幾句，那些人才把手中的武器放下，畢恭畢敬地給探險隊讓出了一條路。

大家繼續前行。沒多久，聽到有人用每每話吆喝起來，原來前面是崗哨。崗哨設在狹窄的山道上，那可是一夫當關、萬夫莫開的要隘，況且還有十幾個壯

丁把守，怪不得當年那支探險隊要回去找安子洛，都沒法通過。

奈奈跟為首的崗哨耳語了幾句，那十幾個大漢馬上恭敬地肅立一旁，讓探險隊過去。奈奈又走近安琦，跟她說了些什麼。安琦點點頭，然後翻譯給大家聽，原來，護衛隊只能送他們到這裏了。再往前便是神山禁地，任何人不得踏進半步，這是祖祖輩輩都得遵守的規例。

萬卡說：「沒問題，反正只剩下小半天的路程，我們自己把吃的背上就是。我背囊裏有壓縮餅乾，再拿些飲品和水果，夠我們三天吃就行了。」

十分鐘後，他們就打點停當，準備踏入禁地了。

蘇蘇堅持要跟進去，但是，奈奈用鐵鉗般的大手把她扯住了，歷歷頭人再三吩咐，不可以讓蘇蘇進入神山禁地。

小嵐怕進入月亮洞時會遇到危險，不想蘇蘇出事，所以也不想她跟着去，便說：「蘇蘇，我們進月亮洞有事要辦呢，你就別進去了。回來時，我叫曉星給你講有趣的事情。」

144

蘇蘇是個很乖的女孩，聽小嵐這樣說，就不再堅持了，她說：「我在家等你們回來。」

跟蘇蘇揮手說再見，一行四人就通過崗哨，走進了神山禁地。

小嵐見到曉星一路上東張西望的，便從後面打了他一下：「小朋友，你脖子上的發條是不是壞了停不下來，怎麼老是動來動去的！」

曉星說：「小嵐姐姐別笑我啦！我在找小鳥和小動物呢！真奇怪，這禁地人不准進去，怎麼就連飛鳥走獸也絕了跡呢？走了一個多小時，連隻小兔小鳥都沒見過。」

大家想想也對，自從進入神山禁區之後，真的沒見過小動物呢！什麼道理？這下就連一肚子學問的萬卡都搖頭了。

按照安子洛留下的地圖，再走過幾個山坡，就應該是月亮洞了。

太陽不知什麼時候下山了，月亮悄悄爬了上來，荒無人煙的金剛山顯得更加靜謐，給人一種神秘的感覺。

萬卡說：「按地圖所示，我們很快就可以到達月

亮洞了，要不要休息一會？小嵐，你的腳行嗎？」

「當然行，你看，沒事了！」小嵐蹦了幾下，又說，「我們辛苦一點，一鼓作氣到達目的地，好嗎？」

大家都表示贊成。

半小時後，他們來到了月亮洞前。

經過了許多天的歷險旅程，終於到達目的地了！他們的心情都很激動。

面前的真是所羅門寶藏嗎？是那個人們尋找了幾千年的、偉大的所羅門王留下的寶庫嗎？探險隊員們像做夢一樣，不敢相信這是事實。

月亮洞的石門，可算得上是一道「巨門」了，它不像一般門那樣呈窄長形，而是寬三四十米，高二十來米，門面平滑，光可鑒人。走近仔細瞧瞧，石門還是整幅的，沒有接駁痕跡。

大家都感到很疑惑：所羅門寶藏已有幾千年歷史，幾千年前，怎會有這樣高明的打磨方法。再說，這種白如凝脂的巨石並非當地出產，在缺乏交通工具的情況下，人們是怎樣越過沙漠，把這扇門從大老遠運到這裏的呢？

「啊，好壯觀的月亮門！」曉星興奮得在洞口跑來跑去，一會兒用手撫摸光滑的石門，一會用耳朵貼在石門上細心聆聽，「裏面一點聲音都沒有。」

安琦的樣子比誰都激動，也難怪，她踏着父親走過的路，終於來到了父親為之獻出寶貴生命的地方了。

小嵐的心情也很不平靜，她定睛看着石門上那幾個字，真的跟自己戒指上的字一樣，這不平凡的山洞，難道真的藏着自己的身世秘密嗎？

安琦聲音帶着顫抖，對小嵐說：「小嵐，請打開石門！」

大家的目光，全都緊張地盯着小嵐手上那隻「藍月亮」戒指。

月亮正懸掛當空，發出皎潔明亮的光芒，小嵐抬起手，將戒指對準月亮，霎時，「藍月亮」上發出一柱藍光，折射到石門上。

大家屏住氣息，等着那激動人心的一刻，石門即將在光照中緩緩打開……

十秒鐘，二十秒鐘，一分鐘……幾分鐘過去了，石門竟紋絲不動。

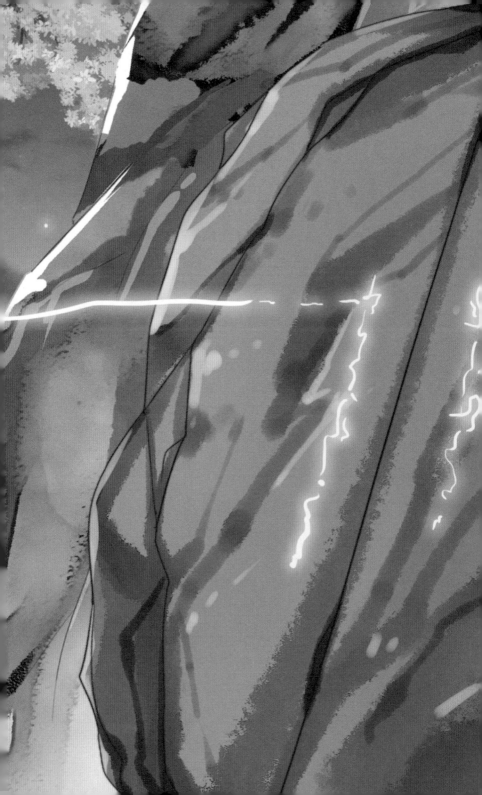

曉星失望地說：「石門不開呢，那傳說靠不住！」

安琦一副焦急的樣子，她好像怕小嵐會放棄，忙說：「小嵐，你再堅持一下，也許需要點時間！」

小嵐點點頭，繼續讓「藍月亮」的光射向石門。時間在繼續過去，五分鐘，六分鐘⋯⋯

就這樣在門口折騰了好久，石門一點沒有開啟的跡象。

小嵐朝安琦搖搖頭，失望地放下了已很痠痛的胳膊。

安子洛的消息有誤，傳說中的藍月亮戒指並不能打開月亮洞的門。

安琦垂着頭，眼淚無聲地往下淌，她為自己無法完成父親的遺願而傷心。

小嵐見了很難過，她忍不住仰起臉，向着月亮大聲喊道：「月亮月亮，你在天上千千萬萬年，一定知道人間很多秘密，一定知道月亮洞如何開啟。請你別再冷眼旁觀，請你幫幫忙，讓我們打開月亮洞，讓我們揭開所羅門寶藏的秘密吧！月亮月亮，你聽見沒

有？！」

　　小嵐話音剛落，猛聽得曉星驚叫一聲：「小嵐姐姐，你的項鏈！」

　　萬卡和安琦馬上望向小嵐的脖子，小嵐自己也低頭察看，啊！啊！此時此刻，任何語言都無法形容他們的激動，只見小嵐脖子上掛着的那個戒指藍光流轉，戒面上那塊圓圓的玉，在月亮光照下，竟變得晶瑩剔透、藍光四射！

　　「藍月亮！」大家異口同聲地驚叫起來。

　　真相大白了，原來傳說中的「藍月亮」，並非那隻價值連城的「藍月亮」戒指，而是這在月光作用下變成藍色月亮的白玉戒指！

　　藍月亮的光折射到石門上……那門，開了，緩緩地開了！

　　「噢噢！」大家歡呼起來。

第十五章
山崩地裂

當月亮洞敞開在他們面前時，探險隊員們激動得心在怦怦亂跳，呼吸困難，真有點喘不過氣來的感覺，他們都呆呆地站着，看着那個數千年來令無數人魂牽夢繞的藏寶洞。

萬卡最先清醒過來，他揮揮手，大聲說：「還等什麼？進去呀！」

大家緊跟在萬卡身後，走進了那寬敞的洞窟。洞兩旁擺放着許多箱子，他們一路走，一路把箱子逐一打開。

眼前的情景令他們心跳加速！

箱子裏全是美麗的鑽石！紅的，綠的，藍的，白的，紫的，黃的，甚至還有黑的！光彩四溢、滿洞生輝。即使生在富國帝王將相家的萬卡，也看得瞠目結舌。

曉星忍不住伸手拿了一顆綠鑽石，好奇地把玩着：「這是真的鑽石嗎？」

「我的天，都是些奇珍異寶呀！」安琦驚訝地說，「我學過寶石鑑定，這些鑽石絕對是真的。」

他們繼續向前走着，走上台階，又是一個新的洞室，裏面還是一個個箱子，打開之後，是一箱箱印有希伯萊文的金幣，金光燦燦，令人眩目。

再前行，還是箱子，許許多多的箱子，裏面是各種黃金打造的精美物品，皇冠、首飾、日用品，五花八門，精美絕倫。

「啊，你們看！」曉星興奮地指着前面，「那裏有個殿堂呢！那石壇上放的是什麼？」

「金約櫃！」幾個人異口同聲驚叫起來。

探險隊員們大氣都不敢出，輕手輕腳地走近石壇，只見石壇上放着一個長二尺半，高一尺半的金光閃閃的櫃子，櫃子兩側有一雙展翅欲飛的天使……

真是金約櫃！傳說中無比神聖、連當時的人也無緣看上一眼的金約櫃，竟然完美無缺地展現在面前。

啊啊！大家圍着約櫃，一邊欣賞，一邊驚歎。

「啊！」忽然聽到安琦喊了一聲，「你們看，這裏有一箱子書！」

大家一看，果然見到石壇下有個箱子，裏面放着好些書。剛才大家都被金約櫃吸引了，所以沒發現。

安琦拿起一本書，激動地翻着。

小嵐和萬卡、曉星趕緊走過去，曉星湊過去一看：「這上面的是什麼文字，我怎麼沒見過！」

安琦興奮得臉色發紅，她說：「這是希伯萊文字。你們看，這本書是所羅門時期的珍貴典籍呢！天哪天哪，許多歷史問題會得到引證，有關所羅門的研究，會邁向一個嶄新階段，歷史學家們一定開心死了！」

萬卡拿起一本書，不過他沒看書上的字，倒是很驚訝地研究着書的用紙。他說：「很奇怪！所羅門時期根本沒有紙呀，那時候他們寫字都是寫在羊皮上的！而且，這些紙不論在使用材料方面還是在製作方面，都遠遠超越了現代的技術。」

安琦剛才只顧高興，根本沒留意書的用紙，現在聽萬卡一說，也驚訝地呆住了——所羅門時期，的確不會有這樣的紙呀！

萬卡説：「我剛才還留意了這樣一個問題，就是那些裝珍寶的箱子，都是用一種很先進的合金鋼造的，那也是所羅門時代所不可能有的。」

曉星説：「會不會是在我們之前有現代人進來過，他們帶來了很多箱子盛載寶物，又把這些典籍重新印製成書。」

小嵐説：「蘇蘇不是説過嗎？她的祖先保護了這神山幾千年，從來不許外人進入，安琦爸爸那支探險隊，是唯一的一次。如果這樣運送大量箱子，還有書籍，是沒可能瞞過每每人的眼睛的！」

萬卡拿出一個手機般大小的東西，説：「這是我帶來的一個探測儀，能追溯一千年內的生命跡象，但我剛才一路測試，都沒有探測到，這就是説，這山洞起碼一千年沒有人進來過。」

曉星嘴裏嘀嘀咕咕的：「奇怪奇怪真奇怪……」

這時候，他手裏拿着的綠鑽石掉了，骨碌碌地滾下旁邊一個斜坡，曉星趕緊追去了。那鑽石，他想拿回去送給妮娃呢！

小嵐他們還在繼續剛才的話題。

小嵐說：「我有個設想，一千年前，有人發現了所羅門寶藏，他們用箱子把珍寶一箱箱裝好，把珍貴的典籍重新抄一遍，然後轉移到這裏。」

安琦說：「但即使一千年前，也沒有人能造出這種箱子和紙張呀！」

小嵐說：「有一種人能。」

安琦驚訝地問：「什麼人？」

小嵐回答說：「外星人！」

「啊！」

這驚叫並非發自安琦，而是從曉星剛才跑下去的小斜坡傳來的，那是曉星的喊聲。

小嵐他們大吃一驚，生怕曉星遇到什麼危險，三個人飛也似的跑了過去。

眼前的景象帶給他們無比的震撼——那小斜坡下面，赫然出現了一個巨大的、扁扁圓圓的銀白色物體。

那是無數次在電影裏見過的，自外星球而來的飛碟！

他們簡直傻了，張目結舌，愣愣地看着。

這時候，飛碟上下來了一個人，那是曉星，他興

高采烈地向哥哥姐姐們招手：「快來呀！飛碟上有很多新奇東西呢！」

「去看看！」萬卡說完，帶頭向飛碟走去。

正在這時候，腳下突然不尋常地抖了一下。萬卡不由得停住腳步。又抖了一下。萬卡大叫起來：「不好，地震！」

這時，小嵐和安琦也明顯感覺到大地在震動，她們不由得有點惶恐。只有曉星渾然不覺，還在飛碟前一跳一跳的，要哥哥姐姐快去看。

萬卡喊了一聲：「小嵐，你和安琦先走！儘快離開月亮洞！我和曉星就來！」

小嵐擔心地說：「你小心點！」然後拉着安琦的手向洞口走去。

安琦走了幾步，說：「我去那邊拿金約櫃！」

話沒說完，腳下猛地一抖，兩人差點跌倒在地。

小嵐首先爬起來，她回身拉起安琦：「別拿了，那東西這麼重，你沒法跑的！」

安琦不聽，她邊跑邊說：「我不能讓金約櫃長埋地下，不能！」

小嵐只好跟在她後面。

望見金約櫃了，兩人加快腳步，但正在這時，洞頂嘩啦啦塌了一大塊，把路堵住了。她們沒可能再接近金約櫃了。

小嵐見狀趕緊扯着安琦往外走，剛走了幾步就碰到萬卡和曉星。萬卡大驚說：「你們去哪兒了？還以為你們走出去了呢！快走吧！」

曉星一邊逃一邊氣喘吁吁地說着：「太可惜了太可惜了，那飛碟沒能帶出去！」

腳下顫動得更厲害了，幾個人都東歪西倒的，最要命的是那些裝滿珍寶的沉重箱子竟滑動起來，在洞裏東撞西撞的。要是讓它撞上，準會少條胳膊缺條腿，所以大家都小心地躲閃着。真沒想到這些世界上沒人不愛的東西，此時卻成了殺人武器。

洞頂上不斷有大塊泥土掉下來，他們既要躲腳下的，又要避頭上的，十分狼狽，幸好離洞口不遠了，他們加快腳步，迅速地衝了出去。

萬卡喊道：「大家繼續跑，要是月亮洞塌了，我們就更危險！」

於是安琦帶路，萬卡殿後，一行人拚命跑着。

突然地動山搖，一陣猛烈震動，人也站不住腳了，他們慌忙抓住身旁的岩石，一動也不敢動。

山好像塌下來一樣，無數碎石頭打在他們腳邊，他們都不敢睜開眼睛，只是死命地抓住石頭，抓住一切可以穩住身體的東西。

幸好這一下大震動之後，地震就慢慢停止了，金剛山彷彿一個惡作劇完了的孩子，終於安靜下來了。

大家這才敢睜開眼睛。

「月亮洞呢?!」曉星的聲音充滿恐懼。

其他人回頭一看，都不禁瞠目結舌，金剛山剛好在月亮洞的中間位置裂成兩半，大石門不見了，月亮洞不見了，它們已陷進了大山心臟！

好險啊！剛才要是跑慢一點，他們就得和那些珍寶一起埋進地下，再也難見天日了！

慶幸逃出生天之餘，他們又都很不開心——所羅門寶藏，這個世人尋找了幾千年的寶庫，又得再長埋地下了。它得靜靜地等待下去，直到許多年後，科學進步，人們才有能力再把它們挖掘出來。

小嵐歎了口氣，這回真是無功而返了。她想在洞裏尋找身世秘密的希望破滅了，安琦要研究所羅門寶藏的心願也難以實現了……

　　突然聽到安琦舒了口氣：「幸好我一直拿着這本冊子。」

　　大家一看，都忍不住歡呼起來，安琦手裏拿着的，正是在洞裏發現的那本所羅門王朝的珍貴典籍！

　　曉星想起了什麼，他低頭一看，驚喜地發現，那顆綠寶石還緊緊握在手心呢！他不禁開心地說：「這裏還有呢！我們可以以綠寶石為證，證明我們的確找到了所羅門寶藏。」

　　大家又是一陣歡呼。

　　沒想到過了一會曉星神秘地眨了眨眼睛，又從背囊裏取出一樣東西：「我還可以證明進過外星人的飛碟呢！這是我從飛碟裏拿的。」

　　大家又是一個意外驚喜，都搶着去拿他手裏的東西，看看他在飛碟裏究竟拿了什麼。

　　那是一個外表黑色、方方的扁扁的東西，看上去就像一塊閃亮的黑磚。萬卡端詳了好一會也摸不着頭

腦，便問：「你知道這是什麼東西嗎？」

　　曉星搔搔頭，説：「不知道啊！反正是外星人的東西就行了，我要用這個來作證明，免得別人説我吹牛皮！」

　　這傢伙！

第十六章
偉大的計劃

探險隊員們借着月色開始下山了。

曉星睡眼惺忪的，走着走着便一頭撞到了前面的萬卡身上，他定了定神，嘟嘟囔囔地說：「萬卡哥哥，好睏啊，可以休息一會嗎？」

「好曉星，再堅持一會吧！不知道還會不會發生餘震，那是很危險的。而且這裏也實在太冷了，睡着了會着涼的。」萬卡摟着他的肩膀，在他耳邊悄聲說，「我們是男子漢呢，男子漢要比女孩強……」

「當然！」曉星胸脯一挺，蹬蹬蹬地走得飛快。

地震後的山路變崎嶇了，而且常常走着走着就有亂石擋路，所以他們用了比來時多一倍的時間，才到達了崗哨處。

那些土著人見了他們都非常激動，有幾個人還恭恭敬敬地給他們叩了幾個響頭。也許是見他們在山崩

地裂後仍能安然無恙地回來，更加相信他們是天神下凡了。

通過了崗哨，大家又繼續下山。走着走着，天氣沒那麼冷了，又再走了一會兒，天氣已經明顯變暖和了，大家把那些獸皮衣脫掉，頓時覺得一身輕鬆。

萬卡說：「大家都累了，現在休息一下吧！」

大家一聽，馬上扔下背囊，找個地方一躺，很快就呼呼大睡了，一直到天開始發亮，才一個接一個醒過來。

吃了東西，一行四人便精神抖擻地繼續下山了。

突然，他們聽到不遠處有人大聲叫喊。

曉星首先停住了腳步：「咦，你們聽，好像有人在叫救命呢？」

大家停住腳步，果然聽到了，「救命……救……命……救……」那聲音斷斷續續、有氣無力的，是把男聲。

小嵐說：「這座山一般人都不能上來，是什麼人在叫喊呢？」

萬卡加快了腳步：「我們快去看看！」

循聲一路尋去，叫聲越來越清楚了，小嵐突然說：「啊，好像是利安的聲音！」

　　安琦也說：「是呢，我都覺得像利安先生的聲音。」

　　「啊，真是像利安哥哥！」曉星馬上喊道，「利安哥哥，是你嗎？」

　　「哎，是我！是曉星嗎？你們快來救我！」

　　果然是利安！

　　大家趕緊向聲音發出的地方跑去。啊，看見利安了，他……

　　說出來你可能也不相信，利安竟然被一些攀爬植物牢牢纏住，緊緊貼在山壁上，動彈不得。

　　大家都覺得奇怪，怎麼會這樣子呢？竟都忘了去救利安，光是愣愣地傻看着。

　　利安急了，喊道：「喂，還看什麼，快救我呀！」

　　小嵐忍不住哈哈大笑起來，其他人也笑了，曉星笑得捂住肚子，「哎喲哎喲」地喊肚子痛。

　　利安呲牙咧嘴地喊着：「你們幸災樂禍！」

萬卡連忙上前幫忙，把纏着利安的一根根青藤扯開。其他人也趕快去幫忙。小嵐笑着說：「利安，你好奇怪，怎麼竟然讓樹妖給糾纏上了！」

　　曉星就說：「利安哥哥是和大山親吻呢！」

　　利安哼哼唧唧着：「笑啊，儘管笑，等會讓你們知道我的厲害！」

　　大家一邊笑，一邊七手八腳幫忙扯開藤呀樹枝呀什麼的。那些植物纏得死死的，要扯開還真不容易。萬卡便從背囊裏拿出一把刀，一下，兩下，三下……砍了十幾刀，終於把利安救出來了。

　　利安一邊拍着身上的樹葉泥土，一邊哼哼着：「該死的地震！」

　　原來，利安吃了感冒藥後，睡得很死，一直到中午才醒過來。發現朋友們已經出發多時，他很着急，馬上要出發追上去。但歷歷阻止了，因為中午時太陽太猛，氣溫特別高，所以要他傍晚時才出發。利安吃完午飯，等呀等呀，到了下午三點來鐘時，就再也坐不住了，他決定不等土著人來帶路，自己背了一些乾糧和水，便上山了。

他原先想得很簡單，以為上山只有一條路，誰知走了沒多久，就迷路了。他在山上轉了半天，到地震發生時，他還沒走到崗哨處。當時山搖地動，他怕掉下山，便趴在石壁上，緊緊抓住那些青藤。山崩地裂，雖然沒把他甩下去，但一陣折騰後，他被攀爬植物緊緊纏住，一動也不能動了。他拚命掙扎，但越掙扎那些植物就纏得越緊，他只好放棄自救，等候有人路過時來救他了。

利安驚魂稍定，就不停打量小嵐他們幾個，他其實挺擔心他們的安全，見到大家都沒事，才放了心：「你們沒事太好了！我好擔心你們啊！」

小嵐拍拍他肩膀，說：「沒事，沒事，出去四個，回來兩雙！」

利安又埋怨說：「你們真不夠意思，把我一個人撂下，就跑去尋寶了！哼！」

曉星說：「嗨，你那時睡得像死豬，難道要我們抬你去嗎？」

利安拿眼瞪他：「好啊，這麼詆譭我！我回去叫妮娃不理你！」

曉星笑着説：「嘻嘻，利安哥哥，對不起，我不是詆譭你，只是形容過當罷了。」

　　安琦笑着説：「我只聽過防衞過當，沒聽過有形容過當的。」

　　小嵐説：「嘿，你跟曉星相處時間長一點就會知道，這小子常犯這『形容過當』的毛病。」

　　利安有點着急地説：「喂喂喂，你們別光説廢話了，快告訴我，找到所羅門寶藏沒有？」

　　曉星搶着説：「找到了，也失去了！」

　　「啊，什麼意思？」

　　大家七嘴八舌的，把經過一一告訴了利安。

　　「啊，真刺激！要是跟你們一塊兒去就好了。」利安頓足説。他又驚訝地問：「你們在月亮洞發現了飛碟，那就是説，所羅門寶藏跟外星人有關係？」

　　萬卡説：「是呀，我們在月亮洞裏發現合金箱子和那本典籍時，都懷疑這個寶藏跟外星人有關，而那飛碟更證實了這個猜測。」

　　利安一邊思考一邊説：「把你們剛才説的整理一下，那就可以得出結論：一千年前，外星人發現了所

167

羅門寶藏，他們把這些寶藏用他們造的箱子裝好，運到了月亮洞，他們為保存寫在羊皮上的典籍，就把典籍的內容重抄一遍，那些千年不壞的紙和千年不褪色的油墨，是外星人的高科技製造……」

「利安哥哥，你好厲害呀，你說得太對了！」曉星說，「我來補充點。每每族人的祖先見到的山神，其實就是外星人，他們見有人從天而降，當然就把他們當神仙了！」

大家一路說着，分析着，不知不覺已回到每每部落。

啊，眼前的情境讓他們大吃一驚。

一天前還草房林立的每每部落哪裏去了？眼前所見，只是一間間倒塌的房屋，一羣羣無家可歸的土著人。大人叫，小孩哭，亂糟糟的。

是那場地震作的孽！

「星！星！」隨着清脆的叫聲，蘇蘇跑了過來。她看看曉星，看看其他人，嘴裏咕嚕着。不用翻譯，就知道她一定是表達對探險隊平安歸來的驚喜。

蘇蘇又過來拉着萬卡的手，猛扯他走。萬卡不知

她想幹什麼，只好跟着她走。小嵐幾個見了也不知怎麼回事，也就跟着去了。

蘇蘇把萬卡帶到一間塌了一半的房子前，只見沒塌的那半間房子裏，躺了幾十個在地震中受傷的土著人。

原來，聰明善良的蘇蘇，想萬卡幫忙醫治傷者呢！

萬卡二話不說，捋起袖子就開始給那些傷者治療。

傷者大都是被重物砸傷和逃跑時跌傷的，他們一個個痛苦萬分，大聲呻吟着。

萬卡見傷者很多，恐怕自己帶在身上的藥物不夠用，忙請利安和曉星，趕緊去飛機上把藥物拿來。

萬卡首先給一名重傷的女人止血和包紮，小嵐見了馬上去幫忙。安琦也學過急救，她也幫着處理另外一些受了輕傷的人。

一棵塌了半邊的大樹下，一個男孩靠着樹幹坐着，臉上露出痛苦的表情。他的母親坐在旁邊，抱着兒子的左腳，急得直掉眼淚。萬卡替男孩看了看，發

現是腳踝脫臼了。

　　萬卡準備替男孩醫治，但男孩怕痛，他一邊死命地推開萬卡的手，一邊大聲叫喊着。小嵐走過去，對男孩輕輕哼起一首歌，那孩子雖不知道小嵐唱什麼，但覺得很好聽，便定神地看着她的嘴巴，留心地聽着。這時萬卡趁機輕輕抬起男孩的腳，熟練地一扭，「咔」一聲，把他的腳踝扭正了。

　　男孩先是痛得「哇」一聲哭了起來，但哭着哭着，發現腳一點也不痛了，就止住哭聲，驚訝地盯着腳踝處。萬卡叫小嵐扶他起來，讓他試試走路。

　　那男孩起先不敢走，提起左腳怎麼也不肯沾地，他媽媽也拚命搖手。這時，蘇蘇過來跟小男孩說了幾句什麼，小男孩馬上點點頭，試着把腳放到地上。

　　他試着走了一步，發現沒事，又試着走了一步，不痛了呀！他高興極了，竟撒腿跑了起來，男孩的媽媽開心得又是哭又是笑。

　　男孩跑去又跑回，他望着萬卡，咧開嘴巴笑得很開心。他媽媽流着眼淚，「撲通」一聲跪在地上猛地朝萬卡叩拜着。

萬卡趕緊把她扶起，又急着去給一個頭部受傷的土著人醫治了。

　　小嵐一直跟着萬卡，給他當助手，她見到萬卡滿臉汗水都顧不上擦，便拿了一些藥用棉花，不時給他擦着。有人説男孩子在工作時的樣子是最迷人的，萬卡在救治傷者時，俊朗的臉上那種專注和認真，竟然令小嵐怦然心動。

　　糟了，不是真的愛上他了吧！

　　小嵐強迫自己元神歸位，又專心地替萬卡遞着紗布和消毒水。

　　這時，利安和曉星回來了，他們帶來了藥品，也同時帶來了一個壞消息。曉星頹喪地對萬卡説：「萬卡哥哥，我們回不去了，那輛飛機被震得幾乎散了架。萬卡哥哥，我們怎麼辦？」

　　萬卡愣了愣，但很快就説：「別管那麼多了，救治傷者要緊！飛機的事等會兒再想辦法。」

　　聽萬卡這麼説，大家暫時扔下不開心的事，齊心合力，很快把全部的傷者都醫治完畢。

　　這時候，奈奈來了，他是男孩的媽媽帶來的，他

一見萬卡就跪下磕頭，把萬卡弄得莫名其妙。後來讓安琦過來翻譯，才知道原來奈奈是男孩的爸爸，他是來感謝萬卡的呢！

萬卡這邊剛扶起奈奈，那邊的傷者和家屬，除了躺着不能起來的，卻又齊齊跪了下來，猛朝萬卡等人磕頭，弄得他們不知所措。

奈奈的妻子這時捧來一串香蕉，那香蕉顯然經歷過碰撞，有的扁了，有的變黑了，但那女人卻十分珍惜，小心地捧到萬卡跟前。小男孩站在媽媽身旁，他看着香蕉不斷嚥口水，但卻懂事地拉着萬卡的手，要萬卡去接過香蕉。

萬卡感動極了，他知道地震過後，吃的東西幾乎全毀了，能獵食的野獸也跑光了，所以一些好不容易找到的食物就變得格外珍貴。這女人要把香蕉送給萬卡，就是用最珍貴的東西來表示感謝。

萬卡突然一拍腦袋：嘿，怎麼不早點想起來呢，飛機上有很多吃的呀！他謝過那女人，就急忙和利安跑回飛機那裏。

正如曉星所説，飛機被地震波及，機身震得幾乎

全散了，看樣子已無法修復。萬卡和利安也沒顧上管它，只是專心地在飛機殘骸中找尋吃的東西。幸好那些食物包裝都很密實，除了水果被碰爛外，其他餅乾、糖果等都還可以吃。

他們把食物裝了兩袋子，拖回部落裏，把食物一一分給了土著人。

土著人拿着那些餅乾呀、巧克力呀這些從來沒見過的食物，開始時還不敢送進嘴裏，但禁不住肚子餓，更抵受不了那些食物的香味，就都不顧一切吃起來了。

他們馬上騷動起來了，怎麼竟然有這樣美妙可口的食物！

懂事的孩子捨不得吃光，就跑去讓爸爸媽媽咬一口，那些大人都很吃驚，心想這大概是神仙吃的東西吧！

探險隊員們沒有給自己留下食物，雖然飢腸轆轆，但見到那些土著人吃得這樣開心，他們都覺得很快樂。

蘇蘇分到了一塊巧克力，曉星正教她剝開錫紙，

蘇蘇把錫紙珍惜地放進口袋，又把那塊四四方方、上面印有玫瑰花圖案的巧克力放在掌心，驚喜地欣賞了好一會，然後才用牙齒輕輕咬了一小口。

也許她覺得太好味了，放在口中好一會仍捨不得吞下。

小嵐望着蘇蘇的樣子，心裏十分唏噓。她讓安琦跟蘇蘇說：「我們把你帶到外面世界，讓你每天都能吃上巧克力糖，好嗎？」

「嗯！」蘇蘇聽了高興地點點頭，但想想又說，「但是，我希望其他每每族孩子，還有我們的爸爸媽媽，每天都能吃上巧克力糖。」

說着，她高興地舉着那塊巧克力，走了，她一定是和那些懂事的孩子一樣，給爸爸媽媽嘗去了。

「這孩子真懂事！」小嵐感動地看着蘇蘇的背影，繼續說，「我們得想法幫助她，幫助她的族人，他們再也不能這樣生活下去了。」

安琦說：「我聽那些土著人說，這裏每年都會發生一兩次地震，所以他們的房子蓋了塌，塌了蓋，過着不得安寧的生活！土著人以獵物和植物果實為主

食，但地震過後，能吃的植物果實都掉得差不多了，需要很長時間才能長出來，而動物也死的死，跑的跑，也要很長時間才重新出現，所以他們得過一段飢餓的日子。」

萬卡說：「我有個主意。或者說服他們來個大遷徙，到烏莎努爾生活。我國有的是山林和土地，他們可以儘快進入現代文明，過上好日子。」

「太好了！他們也早該結束這原始生活了。」小嵐高興地說，但又有點憂慮，「他們肯走嗎？這麼多年，多少國家想同化他們，都沒成功。」

曉星聽到可以同蘇蘇一起回烏莎努爾，很開心，他馬上插嘴說：「我有辦法！」

「咦，說來聽聽！」

「既然土著人以為小嵐姐姐是天神，他們又那麼忠心地守護神山，我們就讓小嵐姐姐告訴他們，神仙回到天上去了，他們以後再也不用守衞金剛山了。另外又可以說萬卡哥哥是神仙派來幫助每每部落的，要他們聽萬卡哥哥的話。那萬卡哥哥就可以趁機提出大搬遷的事了。」

大家你看看我，我看看你，都認為這是個好辦法。等到土著人完全接受了文明社會生活，再接受了新知識，那他們就會跟現代人一樣了，甚至能和現代人一樣發明創造，成為推動世界進步的力量。

　　小嵐表示贊成：「這次萬卡幫了他們很大的忙，又是治病救人，又是捐贈食物，我想每每人一定相信，萬卡是上天派來幫助他們的人。」

　　他們為這即將實行的偉大創舉而激動不已。

　　萬卡說：「這事不可操之過急，我回去和國會商量一下，讓計劃更加周詳。目前最要緊的是解決他們日常所需。我剛才已經致電最近的一個地區政府，向他們購買一批食物和帳篷，他們答應，傍晚就會陸續送到。」

　　「啊，太好了！」大家都歡呼起來。小嵐用欽佩的目光看着萬卡，為他對土著人所做的一切而感動。

　　這時曉星又想起了那件一直讓他擔心的事，他問道：「萬卡哥哥，那輛飛機還能用嗎？要是沒用了，我們怎麼回去呀？」

　　小嵐笑道：「放心吧，萬卡已經打電話購買了一

架小型飛機，飛機已在前來途中了。」

當晚，救援物資從天而降，土著人有了吃的，住的，他們都歡喜若狂，無比感激小嵐等人為他們救苦救難。

小嵐鄭重地「召見」歷歷，傳達了天神的旨意，說明天神派萬卡國王來幫助他們，讓他們過上好日子。

歷歷目睹小嵐他們全力幫助每每人，早已萬分感激，磕頭向天拜謝，表示要聽從天神的意旨，跟隨萬卡國王。

第十七章

回到過去

探險隊要離開每每部落了。

飛機前面的空地上站了千多人，每每部落的土著人全數來給探險隊送行了。土著人咕嚕咕嚕地說着話，雖然聽不懂他們說什麼，但從他們恭敬的神情，感激的目光，就猜到一定是在感謝探險隊給他們的幫助。

歷歷站在送行的人羣前面，手裏捧着一隻很大的象牙，他一邊深深鞠躬，一邊雙手把象牙送給萬卡。萬卡躊躇着看看安琦，不知該不該接受。安琦笑着說：「你快接過來吧！這是每每人的一個習俗，他們給你送上象牙，是表示尊敬和臣服，你已經贏得了土著人的心了。」

萬卡很激動，他馬上把象牙接過來，又用一隻手把它高舉起來，學着每每人的樣子高喊道：「嘿嘿嘿

178

嘿！嘿嘿嘿嘿！」

土著人聽到了，也跟着一齊喊起來：「嘿嘿嘿嘿！嘿嘿嘿嘿！」喊聲震天動地。

萬卡把手一放下來，那些喊聲也戛然而止了。萬卡大聲説：「再見了，每每部落的叔叔伯伯們，嬸嬸阿姨們，兄弟姐妹們，我們很快會再見面的。再見的那一天，我一定會讓你們過得幸福快樂，再也不會有天災人禍，不會有飢餓寒冷，不會有悲傷痛苦！」

「嘿嘿嘿嘿！嘿嘿嘿嘿！」回答萬卡的，又是一陣驚天動地的喊聲。

探險隊員們上了飛機，土著人還不肯散去，他們依依不捨地朝天空揮手。

除了駕駛飛機的萬卡外，其他人都每人佔了一個舷窗，不斷朝下面揮手，直到送行的人全部變成「小螞蟻」，變成小黑點……

小嵐顯得很興奮：「我們這次到月亮洞探險，沒想到還捎帶着做了這麼一件大事，能夠讓每每人回到現代文明社會！真是太好了！」

曉星笑嘻嘻地説：「我個人收穫也很大呀，帶回

了一顆綠寶石，還有一個不知是什麼東西的東西。」

安琦愛不釋手地捧着從月亮洞拿出來的那本書，說：「我也有大收穫，這本典籍非常珍貴！」

利安歎了口氣：「唉，我連月亮洞的門都沒見過，真倒霉！」

小嵐想起自己此行沒能找到親生父母的任何線索，不由得也歎了口氣。

曉星見到小嵐歎氣，忙說：「小嵐姐姐別難過，我給你一樣吧！這綠寶石要給妮娃，我把從飛碟上拿的東西給你好了。」

曉星說完，就從背囊裏拿出那個黑色的四四方方的東西，塞給小嵐。

「哈，你真捨得啊！你不是要拿回去給朋友仔炫耀的嗎？」小嵐接過來，笑着說。

曉星笑嘻嘻地說：「我是捨不得，但更不想你不高興呀！我是很乖的小孩呀！」

「王婆賣瓜，自賣自誇！」小嵐用鼻子哼了哼，又說，「不過，你這回還算誇得有點道理，你還挺有心的！我看看，究竟是什麼東西。」

大家把腦袋湊過去，一起研究起來。那東西外表就像一塊黑色的磚，大小也差不多大，好像是不鏽鋼之類的材料做的。搞不清楚外星人幹嗎做這麼一塊不鏽鋼磚。曉星眼尖，他突然叫了起來：「咦，這裏有條縫呢！」

　　順着曉星的手指看去，果然見到「黑磚」的一側有條很不顯眼的縫，小嵐把指甲插進「縫」裏，一扭，哈，開了，原來這是個盒子，只不過做得太「天衣無縫」了，不細心還真看不出來呢！

　　小嵐小心地打開蓋子。大家大氣都不敢出，不知道裏面有什麼東西。

　　眼前出現的竟然是一個精密儀器，許多精巧的小零件，細細的電線，中間還有個日期顯示屏，上面閃着綠熒熒的字，但年月日三個字前面都是空格，彷彿等着誰把日子輸進去。

　　「這是什麼東西？」

　　「年曆？」

　　「也許是計時器！」

　　大家七嘴八舌的。

小嵐說：「我們試試輸個日期進去，看看怎樣？」

曉星表示贊成：「好啊好啊，一定好好玩呢！」

小嵐隨手往上面輸入了一個日期。曉星問：「咦，這是什麼日子？」

小嵐說：「這是我記得最牢的一組數字，那是爸爸媽媽在江邊撿到我的日期！」

這時候，盒子已經開始有了變化，裏面亮起了一盞小紅燈，小紅燈動了起來，滴滴滴滴，滴滴滴滴……

突然，奇怪的事情發生了，飛機強烈震動起來，而且速度明顯快了很多。

大家正在驚慌，駕駛艙傳來萬卡焦急的聲音：「你們做了些什麼？飛機完全不受控制？」

小嵐說：「我們沒做什麼，只是在曉星從飛碟上拿來的東西上輸入了點東西，應該沒關係吧！」

萬卡叫道：「外星人的東西，你們不清楚就別亂弄，我看大有關係！」

曉星驚慌地問：「萬卡哥哥，是不是要墜機了？」

萬卡說：「我只能盡力。啊──」

「啊——」

飛機上一片驚叫聲。飛機越飛越快，越飛越快……窗外的東西好像也變了，不再是藍天白雲，像是進入了一個彩色的洞……

是做夢嗎？飛機向着一個黃色的中心點前進，周圍都是由各種顏色交織而成的彩色畫面……

飛機不知什麼時候停下來了，四周一片靜寂。

萬卡最先清醒過來，他惦掛着其他人，便問：「你們沒事吧？」

小嵐等人都目瞪口呆地坐在座位上，傻了一般。

「萬卡，我們安全降落了？」

「萬卡哥哥，又是你救了我們嗎？」

大家七嘴八舌地問着。

萬卡搖搖頭，說：「我根本沒做什麼，飛機是自動降落的。」

有這樣的怪事！

大家趕緊打開艙門，看看飛機究竟落到哪裏去了。

天色灰暗，四周迷迷濛濛的，像是黎明前，又像

是太陽下山剛入黑。奇怪，剛才起飛時，明明是早上八點多鐘……

「媽呀，我們不是飛到地球另一面去了吧？」曉星詫異地説。

説話間，東方露出一點亮光，小嵐指着亮光説：「那應該是太陽升起的地方，現在應該是清晨。」

大家都有如墜入五里霧中，再仔細觀察四周，發現飛機降落在一處剛收割完莊稼的一望無際的田野上。

這是哪裏？茫茫田野，看不出是什麼地方。

小嵐把目光投向遠處，看見了一座古樸、壯觀的高塔。

「大雁塔！」小嵐失聲叫了起來。

她曾聽媽媽描繪過大雁塔的模樣。這座塔坐落在西安市，當年爸爸媽媽就是因為一早在江邊散步，遠眺大雁塔時，聽到她的啼哭聲，因而撿到她的。

「這裏是西安市！」她大喊起來。

「西安市？」

「是呀沒錯，那座高塔，叫大雁塔，是唐朝時修

築的。」

萬卡吃驚地説：「奇怪呀，起飛才一會兒，飛機怎麼一會兒工夫就來到中國的西安呢？」

小嵐説：「正好，我這次出來的目的就是要尋找親生父母，這可能是老天爺在幫助我呢！」

曉星歡呼説：「好啊，這回收穫最大的，説不定是小嵐姐姐呢！」

利安拿出相機不停拍照，他説要記下這件離奇的事。

安琦説：「這裏應該是郊區，看來我們要走很遠才能到市區呢。」

萬卡説：「我們望着大雁塔走好了。」

一行人走上了一條柏油路，朝着大雁塔走。

萬卡説：「有句話叫『望山跑死馬』，那大雁塔離這並不近呢！」他們也真走運，就在這時候，竟然就聽到後面傳來一陣汽車聲，「轟隆轟隆」，直朝他們駛來。

「有順風車坐囉！」曉星高興得一跳一跳的，他走到馬路中間，張開雙手，就去攔車。

貨車「嘎」一聲，在他們面前停了下來，駕駛室裏探出一張滿臉鬍子的臉，那是一位五十多歲的伯伯。那伯伯操着普通話説：「呵呵呵，大清早，誰在馬路中間攔我的車啊？」

　　「嘿，普通話難不倒我！」曉星馬上用不鹹不淡的普通話跟伯伯搭起話來，「伯伯，我們要去江邊，去辦點事，您能載我們去嗎？」

　　「沒問題，江邊路長着哪，你們要去江邊哪裏呀？」

　　小嵐想了想，也不知該怎樣回答，猛然想起媽媽説過那裏有棵百年老樹，便説：「去有棵百年老樹的地方。」

　　伯伯説：「噢，我知道了，那是江邊休憩處，附近就是民政局……」

　　「哎，對了對了！」小嵐沒想到伯伯還真知道那地方，高興極了。

　　大家高高興興地上了車。

　　伯伯是個健談的人，話特別多，他告訴小嵐他們，他是跑長途運輸的，因為接到家裏電話，兒媳婦

半夜時生了個大胖娃娃，所以他就連夜趕回來了。他樂滋滋地說：「這孩子還真跟我有緣呢！跟我同月同日出生。」

小嵐驚訝地說：「噢，那還真是巧！」

伯伯笑得合不攏嘴：「是呀，我是一九三二年九日二十日，他是一九九二年九月二十日，剛好相差六十年。」

「一九九二年？」大家面面相覷，這個伯伯，大概是高興得昏了頭了，都進入二十一世紀好多年了，他怎麼把現在說成是一九九二年呢！

大家正在驚疑，伯伯打開了車上的收音機：「嘿，早間新聞時間到了，先聽聽新聞。」

車裏馬上響起了播音員清脆的嗓音：「各位聽眾，早上好，今天是一九九二年九月二十日，現在由劉玲為您播送早間新聞……」

大家你看看我，我看看你，驚訝莫名。伯伯可沒昏了頭，連電台都說現在是一九九二年呢！

究竟發生了什麼事？

這時，伯伯把車子停了下來，他笑嘻嘻地說：

「各位小朋友，你們要下車了，因為前面的路段不許貨車進入。你們可以一直往前走，在第一個路口往左拐，那就是你們要去的地方。」

謝過伯伯，呆呆地望着伯伯的車子遠去後，他們互相瞅着，一句話也説不出來。

小嵐首先打破沉默：「我懷疑那個黑盒子是個時光機，我不是在上面輸入了爸爸媽媽撿我的日子嗎？這個日子就是一九九二年九月二十日！只能這樣解釋，是時光機把我們連人帶飛機送到了一九九二年九月二十日的西安市……」

大家都感到無比震驚。

萬卡突然喊了起來：「小嵐，那就是説，你爸爸媽媽是今天清晨在江邊撿到你的！」

小嵐答道：「是呀！」

萬卡説：「那我們快去哪裏，説不定可以看到當年把你扔在江邊的人……」

「啊！我怎麼沒想到呢！」小嵐尖叫一聲，撒腿就跑。

一行五人拚命地跑啊找啊，大家都怕錯過了時

間，錯過了揭開小嵐身世之謎的機會，幸好，很快就找到了那棵百年老樹，那張木造的長凳。

大家還沒喘過氣來，就趕緊躲到那棵百年老樹後面。

也許是天還沒亮的緣故，路上靜悄悄的，連個人影兒也沒有。五雙眼睛緊緊地盯着那張長凳。突然，一陣嬰兒的哭聲傳來，五個人的心怦怦跳着。朦朧晨色中，來了兩個穿着風衣的人，其中一個人手裏抱着嬰兒，他們慢慢走近，把嬰兒輕輕放在木凳上。

「難道他們就是我的父母嗎？」小嵐的心撲撲亂跳，她猛地站起來，就想衝出去。但剛好這個時候，一陣風把其中一個人的風帽吹掉了，那人的整張臉暴露在路燈下。

不光是小嵐，另外四個人也一樣，他們全都呆若木雞。

那人大腦袋，小嘴巴，深眼眶，竟是個外星人！

公主傳奇3

藍月亮戒指（修訂版）

作　　者：馬翠蘿
繪　　畫：滿丫丫
責任編輯：葉楚溶
美術設計：陳雅琳
出　　版：新雅文化事業有限公司
　　　　　香港英皇道499號北角工業大廈18樓
　　　　　電話：（852）2138 7998
　　　　　傳真：（852）2597 4003
　　　　　網址：http://www.sunya.com.hk
　　　　　電郵：marketing@sunya.com.hk
發　　行：香港聯合書刊物流有限公司
　　　　　香港荃灣德士古道220-248號荃灣工業中心16樓
　　　　　電話：（852）2150 2100
　　　　　傳真：（852）2407 3062
　　　　　電郵：info@suplogistics.com.hk
印　　刷：中華商務彩色印刷有限公司
　　　　　香港新界大埔汀麗路 36 號
版　　次：二〇二〇年十二月初版

版權所有・不准翻印

ISBN：978-962-08-7646-2
© 2008, 2020 Sun Ya Publications (HK) Ltd.
18/F, North Point Industrial Building, 499 King's Road, Hong Kong
Published in Hong Kong
Printed in China